D1139569

COLLECTION FOLIO

Pierre Assouline

# Les invités

Gallimard

Pierre Assouline est journaliste et écrivain. Il est l'auteur d'une vingtaine de livres, dont trois romans ainsi que des biographies, notamment du marchand des cubistes D.-H. Kahnweiler, du collectionneur Moïse de Camondo et du photographe Henri Cartier-Bresson.

*To Angela,*
*she knows why*

« Un invité accepte la loi et les usages de son hôte, mais peut travailler à les réformer. Il apprend la langue de ses hôtes, mais s'efforce de la parler mieux qu'eux. Par-dessus tout, s'il s'en va, librement ou par nécessité, il tentera de laisser la demeure de son hôte plus propre et plus belle qu'il ne l'a trouvée. »

GEORGE STEINER,
*Les livres que je n'ai pas écrits*

Il en est que le bonheur des autres ulcère. Il ne leur suffit pas de vivre parmi les heureux du monde ; pour être pleinement goûté, le privilège doit être sans mélange. En abandonneraient-ils un atome qu'ils se sentiraient dépossédés de ce qui devrait leur revenir de plein droit, en vertu de la naissance plus souvent que du mérite. Ce genre d'exclusivité ne se partage qu'entre semblables. Mais ces choses ne se disent pas, elles se ressentent.

« Bien, Madame. »

Tout en le prononçant, elle s'entendait dire « Madamedu », ainsi qu'elle la nommait lorsqu'elle la savait loin, manière de moquer son insistance à toujours rappeler « du Vivier, en deux mots », signe que son opération du patronyme n'était pas encore cicatrisée. Ce jour-là, Sonia laissa vivre son sourire. En d'autres temps, elle l'aurait réprimé, ce fameux sourire qui en disait long sur ses joies intimes. Le plaisir d'un bon mot, d'un compliment bien placé, d'un geste de gratitude suffisait à le provoquer. Ou la satisfaction contenue du travail bien fait ou d'une appréciation qui n'était au fond que justice. Qu'importe la vraie nature de cette joie secrète qui devait le rester ; pour Madamedu, ce serait à jamais « son petit sourire », ainsi qu'elle le désignait parfois à Thibault, son mari, avec ce je-ne-sais-quoi de méprisant dans le ton, assez discrètement pour ne pas la désobliger, mais suffisamment fort pour l'en informer.

Au vrai, petit ou grand, le sourire de Sonia témoignait d'un état qui lui était de plus en plus insupportable : non un sentiment de supériorité, comme chez certains, mais la douce et tranquille assurance de ceux, si rares au pays des consommateurs de psychotropes, qui se sentent tout simplement bien dans leur peau. Une minorité agissante.

Ce jeudi-là, l'appartement de la rue Las Cases connaissait l'agitation des jours de réception. Ce n'était pourtant qu'un dîner, mais l'esprit de parade de Sophie du Vivier dite Madamedu étant gouverné par un haut degré de perfectionnisme, toute sa maison devait être prise dans ce tourbillon à l'issue duquel nulle pompe ne devait s'abandonner aux circonstances. Le hasard lui paraissait être la providence des faibles. Il est vrai que ses dîners étaient parmi les plus courus de Paris.

On en louait la finesse des mets, l'excellence de la conversation, l'agrément des rencontres aussi bien que cette légère touche, étincelle à peine perceptible, qui métamorphose une mondanité futile et pesante, comme les animaux de société s'en imposent par devoir et atavisme sans y réfléchir, à seule fin de tenir leur rang, en une soirée mémorable. On s'y ennuyait rarement; le cas échéant, l'ennui y était distingué. Ses quelques échecs avaient toujours leur coupable dont on pouvait être assuré qu'il ne serait pas réinvité.

Cette effervescence en prévision d'un simple repas entre gens de bonne compagnie s'inscrivait en ce début du XXIe siècle; nous étions au cœur du septième arrondissement de Paris, à l'ombre de l'église Sainte-Clotilde, paroisse des mieux fréquentées par les vivants et par les morts; la Révolution française semblait s'être arrêtée il y a longtemps déjà aux portes de ce faubourg Saint-Germain dont la rue Las Cases traçait l'une des frontières d'autant plus infranchissables qu'elles en étaient invisibles; la grande bourgeoisie d'affaires s'y était entremêlée avec le fleuron et les débris de l'ancienne noblesse; on eût dit tout un quartier entre cour et jardin; la rumeur du monde n'y parvenait qu'assourdie et sa misère, lorsqu'elle réussissait à s'y faufiler par un biais incongru, ne s'y manifestait que feutrée; pourtant, si étrange que cela parût, le dîner de Sophie du Vivier aurait pu se dérouler n'importe où en France selon un processus, des rituels, une mise en scène analogues. Dans tous les milieux, toutes les classes et toutes les couches de la société.

Partout pareil mais chez elle, un peu plus. Seul ce léger plus faisait la différence, mais il portait un monde en lui.

Sonia savait.

Madamedu savait qu'elle savait.

Leurs non-dits avaient davantage de force qu'un discours argumenté. Ils occupaient un *no man's land* de la parole qui repoussait ses limites à chaque crise depuis qu'elle était entrée à son service. Cinq ans déjà. Cinq années au cours desquelles on aurait guetté en vain la moindre manifestation d'empathie, le plus infime signe de gentillesse dans un sens comme dans l'autre. Non qu'elles en fussent dépourvues, mais l'une comme l'autre semblaient avoir surmonté leurs désaccords en toutes choses pour s'accorder tacitement sur ce point. Elles se supportaient, en s'employant à modérer la tension ambiante, car elles avaient besoin l'une de l'autre et elles savaient que les choses iraient plus difficilement l'une sans l'autre. De toute façon, à chacun son rang. On peut se parler, mais on n'échange pas, ce serait de l'ordre de la familiarité et le rapport d'autorité en serait heurté.

Il n'y a pas de place pour la conversation entre l'esclave et le maître. L'expression même que Sonia ruminait en son for intérieur. À tout prendre, elle jugeait cela plus correct, moins avilissant, que d'être désignée comme la « domestique », la « bonne » ou, encore plus haut sur l'échelle de Richter de l'hypocrisie, comme l'« employée de maison ». Des mots qu'elle glanait lorsque Madamedu s'abandonnait au téléphone.

« C'est bien le problème des dîners de têtes, voyez-vous, Sonia, une erreur de placement et vous vous faites un ennemi pour des mois ! »

Sonia dépoussiérait chaque objet à la peau de chamois en y mettant le soin et le souci d'un *curator* des collections royales ; elle « voyait » d'autant moins que Madamedu ne s'adressait à elle que par commodité. Pour placer sa voix dans le désert de son salon et non pour appeler une réponse. Assise à la table de bridge, elle y avait disposé en cercle des bristols crème portant chacun le nom d'un invité. Elle les battait puis les redistribuait à la manière d'un jeu de cartes.

Là se jouait peut-être son dîner. Un de plus, assuré de recevoir les plus exquises louanges dès le lendemain, sauf que celui-ci était doté d'un enjeu supplémentaire ; il devait rester secret, ou du moins discret, car l'amitié et la mondanité eussent été heurtées de se trouver mêlées à une telle négociation ; elles n'en étaient pas vraiment l'alibi mais il y avait de cela.

Son mari avait en effet demandé à Madamedu de réunir quelques-unes de leurs relations afin d'influencer l'un de ses importants clients en l'incluant, l'espace d'une soirée, dans cette petite société choisie, caste qui se donne et que l'on donne pour une élite. Nullement un piège mais ils l'auraient vu ainsi s'ils l'avaient su. Ils ne le sauraient pas. Tous des gens du monde, bien que ce ne fût pas nécessairement le même ; un pas suffisait parfois à en être, un faux pas à n'en être plus.

Elle avait savamment dosé ses invitations de

manière à lui offrir un échantillon de la bonne société parisienne, comme si l'autre était mauvaise ; certains se connaissaient déjà, mais ne se recevaient pas. Elle veilla à ce qu'il n'y ait pas de cadavres entre les uns et les autres et qu'une profession ne soit pas surreprésentée tant elle était encore accablée par le souvenir d'un dîner chez des amis où elle et son mari étaient les seuls à ne pas appartenir au milieu du cinéma : les invités n'évoquant les absents que par leur prénom, les du Vivier se sentirent péniblement exclus durant toute la soirée.

Sonia l'observait de dos. Madamedu semblait s'adonner à une réussite. Une faille dans son grand art du placement aurait signé l'échec de son dîner. Un art et non une branche snobissime de la science. Le goût de la dérision en toutes choses, si bien porté dans les milieux qui faisaient l'opinion, condamnait l'énergie que mettait Madamedu dans des pratiques aussi vaines, du moins en dehors de ses cercles ; pas aux yeux de Sonia, instruite par l'expérience de plusieurs années de dîners préparés avec le même soin ; en servant et en desservant, elle avait pu glaner ici ou là de brillants éclats de conversation, des traits d'esprit, des formules qui l'avaient secrètement enchantée, pour ne rien dire des échanges de regards clandestins, des serviettes tombées et lentement ramassées, des effleurements de genoux ou des apartés professionnels ; leur rumeur, imprécise mais séduisante, lui avait déjà fait prendre conscience de l'intérêt de ces réunions si internationales dans leur déroulé, mais si françaises dans leur manière.

L'affaire se révélant plus difficile que prévu, Madamedu sembla prise d'un doute existentiel et géométrique : étant donné 1. l'honneur qu'il convenait de faire à l'étranger à éblouir, lequel entrait de surcroît pour la première fois dans leur maison, 2. la présence d'un membre de l'Académie française d'autant plus attaché aux privilèges de sa fonction qu'ils étaient somme toute assez rares, 3. celle d'un ambassadeur particulièrement susceptible étant actuellement en disponibilité, lequel placer à la droite de l'hôtesse ? On a vu de plus terribles équations à résoudre, mais celle-ci suffisait à la tourmenter.

Madamedu ne découvrait pas le problème. N'avait-elle pas requis les conseils avisés d'un expert de ces choses, rien de moins que le chef du protocole de l'Élysée ? Celui-ci demeurait l'un de ses amis depuis leur flirt poussé sur les bancs de l'amphithéâtre Boutmy rendu à la nuit germanopratine, avant que les huissiers ne ferment les portes de l'École ; plutôt un ami de cœur, appartenant non à l'un de ses cercles mais à son jardin secret ; il était de ces proches fréquentés de loin en loin dont on dit parfois qu'ils sont comme un compte en Suisse : on n'a pas besoin de le voir tous les jours, on a juste besoin de savoir qu'il existe. Au vrai, il était son meilleur souvenir de Sciences-Po et l'occasion était venue de le lui rappeler. Il l'avait reçue aussitôt, au château naturellement, ainsi que les gens de l'Élysée désignaient leur bureau.

Après avoir évoqué le temps d'avant avec un soupçon de nostalgie dans le regard, il ne se fit pas prier pour dresser un inventaire à la Prévert des caprices propres aux commensaux des banquets élyséens, à commencer par ceux de cet ancien président à la particule improbable qui exigeait que l'on ne plaçât ni chaise ni couvert en face de lui, ainsi qu'il l'avait vu faire un soir au palais de Buckingham ; il s'était persuadé dans l'instant que le vis-à-vis béant face à la reine d'Angleterre, personne par définition sans égale, correspondrait parfaitement à son rang alors qu'il ne reflétait que le plus pathétique de ses fantasmes. L'homme du protocole possédait une mémoire impressionnante de ces vanités et des humiliations qui y étaient attachées. Dans son cas, le moindre faux pas pouvait provoquer une crise diplomatique. Dans un dîner privé aussi, s'empressa-t-il d'ajouter, certainement convaincu, comme pour mieux conforter Madamedu dans l'importance de son intervention.

Qu'on l'appelât cérémonial comme autrefois, ou étiquette, le souci de la préséance avait manifestement été oublié lors de la nuit du 4 août, à croire que l'éternité du rang ne relevait pas des privilèges. Il lui fit décliner la qualité de chacun, prit quelques notes, rumina l'affaire les mains jointes en prière devant les lèvres tout en l'écoutant, avant de rendre son verdict.

Sa table était faite. Il ne lui restait plus qu'à la défaire pour vérifier que les éléments se remettaient naturellement en place. Comme si ces gens étaient bien destinés à s'asseoir là où l'on voudrait qu'ils fussent. Elle se surprit même à retourner son plan de table pour l'envisager à l'envers ; à sa manière, elle procédait comme ces artistes qui renversent leur œuvre une fois achevée afin d'en contrôler l'équilibre ; bien que sa table ne fût ni tout à fait ronde ni parfaitement ovale, elle était suffisamment l'une et l'autre pour que nul angle mort ne condamnât des invités à demeurer en dehors du flux de paroles ; Madamedu savait d'expérience pour en avoir souffert chez les autres que rien ne tue la soirée comme ses longues et larges tables qui décrètent d'emblée qu'un dîner aura des allures de banquet, la gaieté en moins. Elle n'avait jamais eu chez elle de ces tables mille-pattes dont les rallonges font penser à certains patronymes interminables.

Les bristols étaient étalés devant elle ; ils semblaient s'être finalement agencés sur le tapis vert comme mus par un mécanisme secret, en fonction d'affinités électives, de tendances inconnues et de curiosités réciproques. Une imperceptible force d'attraction était à l'œuvre dans le travail souterrain du lien social. Madamedu procéda alors à la dernière étape de son rituel, l'ultime vérification susceptible de renverser la fragile harmonie de ce Yalta de la mondanité.

Elle se fit porter par Sonia un épais classeur noir numéroté en chiffres romains, le dernier d'une longue suite contenue dans une ancienne malle de voyage héritée de son grand-père, conservée pour l'exotique mosaïque d'étiquettes qui la constellait. Des centaines de grandes enveloppes blanches y étaient rangées ; Madamedu y consignait méthodiquement ses dîners depuis des années.

Pour fixer la mémoire de chacun d'eux, elle archivait le plan de table, le menu ainsi que les lettres de château reçues ou déposées le lendemain, lesquelles avaient été rejointes depuis peu par des copies de choses plus étranges, des courriels de château voire des textos de château. Elle photographiait systématiquement chacune de ses tables afin que jamais les mêmes invités n'aient droit à la même nappe. Ainsi évitait-elle les doublons, les impairs et surtout une sensation de déjà-vu et de déjà-entendu qui gâcherait tout. Sans oublier les vrais faux pas culinaires ; car sur ses fiches, elle consignait également les régimes particuliers de chacun, les interdictions alimentaires religieuses ou médicales, ainsi que les allergies.

Ce souci de l'organisation relevait d'un vrai travail. Mais Madamedu avait cette grâce, subtil mélange de finesse et d'intelligence du moment, qui lui permettait le jour venu d'effacer toute trace d'effort dans la préparation de sa soirée. On ne sentirait rien, on ne devinerait rien. Tout paraîtrait simple, naturel et léger. Rien de moins prémédité. Le plus beau compliment serait de ne pas en faire car rien ne désoblige un metteur en scène comme de subir des louanges de spectateurs sur les décors ou les costumes de son film : s'ils ont pu les observer à loisir, c'est qu'ils se sont ennuyés.

Tout prévoir, son obsession. Elle anticipait même les impondérables. Sait-on jamais, n'est-ce pas, Sonia ? Oui, Madame, encore que Sonia vît dans l'imprévu le sel de la vie quand Madamedu s'employait à pulvériser l'apparition du moindre grain de sable dans sa machine à réceptions. La veille du dîner, Laure Marchelier l'avait appelée, confuse, pour lui annoncer que son mari serait retenu à Bruxelles jusque très tard, qu'il ne fallait pas compter sur lui, du moins pas très tôt, sur elle peut-être, plus probablement, perspective qui n'enchantait guère Madamedu tant elle bousculait ses plans. Dans le couple, des deux, c'était lui et lui seul qui comptait, sa femme n'occupant qu'une fonction décorative, procréatrice et utilitaire. L'idée que Laure Marchelier pût lui proposer de venir seule l'obligea à réagir dans l'instant, c'est trop mal parti, reportons donc notre dîner à une prochaine fois, chère amie. Régis Marchelier n'en eut pas moins la délicatesse de faire déposer des fleurs livrées par la maison Moulié accompagnées d'un mot de sa main et non de celle de son assistante, ou alors, c'était bien imité.

Une rumeur assassine montait de la rue. Des gens haussaient le ton, des avertisseurs s'en mêlaient. La pulsion de mort ne demandait qu'à s'épanouir chez l'automobiliste, sous-espèce si française du barbare des civilisations englouties. Madamedu put le vérifier en se penchant au balcon de la salle à manger. Aucun de ses invités n'était pris dans une de ces stupides rixes qui menacent de dégénérer aussi rapidement qu'elles se dissipent ; les mots dépassent la pensée, ils deviennent vite contondants et l'on se retrouve, médusé, face à un hystérique qui brandit ses clés bien calées entre ses doigts, la main hérissée en forme de coup-de-poing américain, et promet en bavant de vous crever les yeux si vous ne lui cédez pas la place. Mais, au bout de la rue Las Cases où la circulation était bloquée, elle aperçut l'un de ses invités qui descendait d'un taxi.

C'était Stanislas Sévillano. Un homme seul, atout maître dans un tour de table. Le seul vrai célibataire de la soirée, fidèle à sa légendaire ponctualité ; le trait de caractère était le plus souvent interprété comme la manifestation d'un esprit maniaque et peu assuré alors que, dans son cas, cela relevait moins d'une conception étroite de la politesse que d'une vieille hantise : être pris en défaut. Non qu'il se crût irréprochable mais il ne devait pas prêter le flanc à la critique ; la moindre faille eût creusé une brèche où la curiosité publique se serait insinuée et de cela, il ne voulait pas. C'était un célibataire confirmé, expression dont usaient et abusaient les nécrologues du *Times* de Londres pour ne pas écrire que le défunt préférait les hommes, voire les garçons. Et puis quoi, les célibataires sont toujours à l'heure parce que, n'ayant personne sur qui se défausser, leur retard serait sans excuse.

« Il ne changera pas », murmura-t-elle alors qu'elle l'apercevait au loin jetant un œil distrait à sa montre tout en ralentissant son pas ; il se donnait quelques minutes par rapport à l'heure fixée, ce délai de grâce que le savoir-vivre accorde aux maîtresses de maison pour les abriter du vent de panique soufflant généralement sur les moins sereines.

« Stanislas, pas si vite ! »

Un homme s'essoufflait à le rattraper. Elle reconnut la calvitie et la démarche d'Hubert d'A., comme l'appelaient les intimes aussi bien que les extimes lorsque ceux-ci laissaient croire qu'ils étaient de son premier cercle. Un rien suffit à instiller cette illusion et souvent ce rien s'incarne dans la prononciation du prénom. Il était seul, naturellement ; sa femme ne l'accompagnait jamais dans les dîners en ville, tant et si bien que l'on doutait parfois de son existence ; ceux qui avaient l'insigne privilège d'avoir été reçus chez les Hubert, du temps où ceux-ci recevaient encore, pouvaient témoigner de sa réalité mais ne regrettaient plus sa discrétion.

Les deux amis semblaient heureux de se retrouver et parlaient d'abondance. Appuyée au balcon de son cinquième étage, Madamedu ne perdait rien de cette scène muette. Mais en les regardant pénétrer bras dessus bras dessous dans l'immeuble, elle fut prise d'un doute. Car Hubert d'A. n'était pas de ses invités. En tout cas pas ce soir-là. Elle vérifia tout de même dans ses fiches. Il n'y figurait pas. Se serait-il convié en toute décontraction ? Pas son genre. Stanislas ne se serait pas permis non plus de se faire accompagner sans prévenir. Quoique...

Un coup de sonnette.

C'était lui, c'étaient eux.

Elle les accueillit de la façon la plus naturelle qui soit. Tant et si bien qu'après l'avoir saluée, ils reprirent avec la même intensité la conversation entamée dans la rue et poursuivie dans l'escalier. Une controverse sur le classement des *Pensées* dans l'édition Brunschvicg avec l'ardeur que d'autres déploient généralement pour évaluer les chances d'une entreprise d'entrer au CAC 40. Pascal souhaitait-il vraiment conserver à ses liasses leur forme fragmentaire et discontinue ? Chacun avait sa théorie, n'en démordait pas et, ce soir-là, s'en préoccupait davantage que de l'indice Nikkei. D'ailleurs, sans s'être concertés, ils choisirent l'un et l'autre de se poser dans des fauteuils plutôt que de se laisser engloutir par le moelleux des canapés, de sorte que leur dispute conserve une tenue épousant la rigueur du siège. Lorsque le corps s'affale, la pensée s'affaisse, c'est connu. Hors de question de disputer de l'arbitraire et de l'objectif en situation d'avachissement. De toute façon, tout dans le décor les invitait à un débat tenu ; il se trouvait dans l'une de ces maisons où les nouveaux livres sont si nombreux et les livres anciens si bien rangés qu'ils donnent tous l'impression de pousser sur les bibliothèques.

Devançant toute demande, manière de faire sentir à l'invité qu'il est chez lui tant il jouit d'un statut d'habitué, Sonia versa le whisky sur la glace sans susciter de réaction ; leur eût-elle servi un lait fraise surmonté d'une paille multicolore et torsadée qu'elle n'en aurait guère provoqué tant ils semblaient absorbés par leur conversation. Madamedu en profita pour s'éclipser du côté de la cuisine.

« Sonia !

— Madame ?

— Petite catastrophe que nous allons régler sans paniquer, n'est-ce pas ? Je ne me souviens pas d'avoir invité Hubert d'A., mais il est là et bien là et même content d'être là. Donc, soyons pragmatiques. Nous éclaircirons demain le malentendu. En attendant, faisons front. Rajoutez un couvert.

— Bien, Madame, mais où ?

— Bonne question. »

L'imminence d'une nouvelle révolution bolchevique ne l'aurait pas troublée davantage. Non seulement cette apparition bouleversait l'ordre des choses, la forçant à redistribuer les cartes à la hâte, mais elle dérangeait sa science de la mesure. Car depuis qu'elle l'avait vu faire au cinéma à la table de lady Sylvia McCordle dans *Gosford Park*, et à celle de lord Darlington dans *Les vestiges du jour*, Madamedu, si soucieuse de perfection en toutes choses, mettait un point d'honneur à mesurer elle-même, à l'aide de l'instrument idoine, la bonne distance séparant les assiettes des couverts et ceux-ci de l'invité ; les verres devaient être pareillement alignés au cordeau ; chaque invité devait jouir de soixante-dix centimètres d'espace vital ; une rumeur urbaine, pas toujours bienveillante, rapportait même que sa table était la mieux millimétrée de Paris. Son menuisier l'avait élevée selon son vœu à soixante-seize centimètres du sol, soit six centimètres plus haut qu'il n'est d'usage en Angleterre où l'on a fait le choix de favoriser ainsi les poitrines et leurs ornements. Ce soir-là, on avait sorti le plateau de deux mètres soixante-dix de diamètre.

L'important était que nul ne remarquât ce grand art des proportions. Sa traduction par d'infimes touches demeurerait imperceptible. À sa manière, c'était une artiste. Mais au vu de son œuvre, qui aurait deviné où s'inscrivait son nombre d'or ?

Aussitôt après avoir éclaté, l'incendie était maîtrisé et l'impromptu réglé.

Hubert d'A. n'y verrait que du feu ; sa distraction naturelle lui serait une fois de plus pardonnée. Même le mari de Madamedu n'en saurait rien, lui qui, d'ordinaire, ne découvrait ses commensaux d'un soir qu'au moment de passer à table, tant il considérait ces soirées comme un moyen et non une fin en soi.

De nouveaux invités s'annonçaient déjà à l'interphone. Madamedu tenait à ouvrir elle-même la porte, manière de rendre aussitôt intime un rituel auquel tout domestique donnerait par sa présence le cachet un rien ampoulé du cérémonial. À son seul sourire, les invités entendaient déjà le mot imprononcé. Tout y exprimait un « Bienvenue dans mon théâtre ! » qui ne leur laissait aucun doute sur leur qualité de comédien d'un soir. D'ailleurs, n'étaient-ils pas costumés ? Ne leur manquait que le masque, sauf à penser que leur visage en était déjà naturellement un : fond de teint, barbe, lifting, moustache, lunettes, peintures de guerre...

Un dîner à Paris est en soi une comédie française.

Le couple qui venait de faire son entrée vivait au cœur du hameau de Passy, dans l'une de ces petites rues adjacentes à l'avenue Mozart où règne la mélancolie de la richesse. Lui, c'était Son-Excellence-Alexandre, comme ils disaient entre eux ; le trait se voulait mordant et il l'était, car il n'avait jamais autant tenu à ses titres que depuis son confinement dans une sous-direction au Quai, et le temps passait. Il se sentait aux Affaires tout en n'y étant plus vraiment. On lui avait promis une ambassade noble ou même, le cas échéant, une chancellerie plus modeste mais digne. À défaut de bâton de maréchal, il se serait contenté d'un maroquin de circonstance ou d'un stick d'officier. Juste de quoi finir en beauté. Sauver la face d'une carrière en signant son achèvement.

Mais rien n'était venu, ni palais Farnèse ni rien, et l'heure de la retraite, maudite trompette de la mort lente, n'allait pas tarder à sonner. Sa compétence ni sa réputation n'étaient en cause ; simplement, il n'appartenait plus à aucun des réseaux au cœur des hautes nominations. Ni aristocrate, ni homosexuel, ni franc-maçon. Il ne s'autorisait que de lui-même. De son dossier et de l'idée terriblement bourgeoise et républicaine qui s'en dégageait, ce fumet sans goût ni saveur. Le mérite. Le médiocre mérite, cette insipide idée que les âmes les plus courtes se faisaient de l'existence. La palme suprême de ceux que l'on croit dépourvus de talent et de génie parce qu'ils sont sans naissance. Autant dire : sans famille.

Ce que c'est que de n'avoir pas figuré dans le « grand livre ». Ainsi les gens du Quai désignaient-ils entre eux ceux que le privilège des origines inscrit d'office dans la Carrière ; à condition de ne tuer personne ni d'insulter leurs supérieurs en public, la route était tracée. Aux autres, les réseaux. Lui n'était qu'énarque, mais l'annuaire de l'École avait été si souvent mis à l'épreuve que la solidarité des anciens relevait désormais du lieu commun, voire du mythe. Ne lui restait que le mérite. Et, ce soir-là, il s'accrocherait de manière pathétique aux prérogatives de la fonction quand elles lui échappaient déjà.

Aussi convenait-il de le mettre à l'aise, lui qui ne l'était pas naturellement, encombré de son corps ; les hommes pouvaient deviner dans cette gaucherie les embarras de l'adolescent qu'il fut, il y en a toujours un par classe, qui se cache dans un coin des vestiaires pour se déshabiller, et conserve son slip sous la douche.

Marie-Do, sa femme, vivait mieux que lui le décrochage social annoncé. Elle n'avait jamais été dupe de la comédie des masques sous quelque latitude que ce fût. Question d'éducation et d'entraînement probablement : une enfance aristocratique dans le domaine familial en Anjou, vieille chose dont l'orgueilleux donjon tutoyait la Loire depuis un certain nombre de générations, et où elle ne se rendait plus que pendant la floraison des tilleuls, manière bien à elle d'accorder sa vie au rythme des saisons. La fibre catholique et royale n'y avait pas été totalement corrompue par les nouvelles valeurs.

Les garçons pouvaient se tourner vers le métier des armes car un militaire sert la nation; mais lorsque l'un d'entre eux acheva brillamment son parcours à l'ENA, la perspective de le voir mettre leur nom au service de l'État déçut son père, lequel continuait sa petite résistance à sa manière : Marie-Do l'avait toujours vu coller le timbre de la République à l'envers sur les enveloppes.

Les siens jouissaient de s'être illustrés quelque peu dans l'Histoire de France, quoique discrètement au dire de l'archiviste qui avait classé leurs papiers. Pas de quoi être démangé par le prurit nobiliaire. Juste assez pour donner à chacun des membres de la famille une certaine assurance. Cela se sentait à sa manière d'occuper l'espace, s'entendait à sa prononciation, se devinait à ses gestes. On percevait la rumeur d'un autre temps courir dans sa langue, habitée par d'anciennes traditions dont elle était l'héritière tout en affectant de les ignorer. Et puis il y a des attitudes qu'on ne s'autorise que lorsqu'on a un château et ses gens derrière soi. Un mouvement du menton, un certain sourire, une manière de tendre la main paume face au ciel et deux doigts joints. Des mots, certaines expressions, un toucher de phrase. Lorsqu'elle évoquait une maison qui s'écroule, il ne s'agissait pas d'un toit mais d'une famille. Même lorsqu'elle jurait, ce devait être avec distinction.

Une quinzaine d'années s'étaient écoulées depuis son mariage avec Son-Excellence-Alexandre. À l'époque, l'héritage encore frais, il jouissait d'une certaine fortune, et elle d'un beau nom à l'ancienneté irréprochable, l'un de ces noms qui sentent la terre dans ce qu'elle a de plus noble. Chacun y trouvait son intérêt bien compris, ce qui n'avait échappé à aucun de leurs amis ; tant et si bien qu'entre eux, plutôt que d'évoquer leur union comme un mariage, fût-ce même du genre « mariage américain » d'autrefois où l'on blasonnait une dot tout en dotant un blason, ils préféraient parler d'une fusion-acquisition. Ce qui n'était pas faux et reflétait bien l'esprit de l'époque.

Cette union du capital avec le capital symbolique aurait dû être annoncée dans la rubrique idoine des *Échos* et non dans le carnet mondain du *Figaro*. À ceci près qu'avec le temps, l'opération s'était largement dépréciée. La fortune de l'un avait fondu au gré de placements hasardeux, tandis que l'autre avait petit à petit renoncé à user de son nom de jeune fille avec ses relations professionnelles afin de ne pas rallonger inutilement les présentations.

De son indifférence absolue aux sourires de circonstance, aux mensonges intéressés, à la duplicité bien tempérée, Marie-Do avait fait sa cuirasse. Rien dans son physique ou dans sa mise n'attachait ni ne repoussait. À croire que tout signe distinctif en elle s'était dissipé sous les coups de boutoir du principal trait de sa personnalité, aussi célèbre dans leur milieu pour l'humour involontaire qui le sous-tendait que pour les ravages qu'il pouvait provoquer. Elle était... tout sauf diplomate. Encore que cette définition eût le défaut de la réduire à sa qualité d'épouse de. Mais on le disait ainsi en raison de l'effet de contraste avec Son-Excellence-Alexandre, si mesuré dans ses jugements et si équilibré dans la manifestation de ses sentiments. Alors, comment le dire sans froisser personne ?

Marie-Do avait ceci de particulier qu'elle était désinhibée. Totalement désinhibée. Même un neurologue du dimanche aurait pu observer chez elle un certain relâchement du système frontal de modulation des réactions comportementales. L'agitation ni l'inconstance n'en étaient les symptômes les plus flagrants. Impulsive ? Trop simple. Son état latent semblait s'être entièrement réfugié dans sa manière de s'exprimer. C'est en tout cas lorsqu'elle prenait la parole que le phénomène était le plus spectaculaire. Marie-Do avait acquis la réputation de dire les choses franchement. Sans l'écran de la bienséance. Directement, brut de décoffrage.

Étrangement, elle semblait parfois contrôler sa rupture émotionnelle, donnant l'impression de maîtriser ses débordements alors qu'ils risquaient à tout instant de se déverser dans le grondement d'un fleuve en rut. À croire qu'elle avait fini par en intérioriser les mécanismes. Marie-Do savait jusqu'où aller trop loin, mais contrairement aux autres, simples provocateurs par ennui ou par dandysme, elle allait souvent plus loin. Ce n'était pas un jeu. Juste un trait de caractère, mais si intense qu'il la résumait entièrement aux yeux du monde.

À peine s'était-elle posée sur le canapé en daim à l'écru si suave qu'elle attaquait déjà en direction du tandem des causeurs. Il y avait de la mise en jambes dans son apostrophe :

Ne vous sentez pas obligés de me tourner le dos, faites comme si je n'étais pas là. »

Elle l'avait dit sans agressivité, avec une relative douceur même. Mais le choix des mots, leur ordre et l'absence de précaution oratoire rendaient la remarque à sa violence naturelle. Ça ne se faisait pas, mais Marie-Do en était d'avance pardonnée, d'autant que généralement en milieu de soirée, après quelques verres, il y en avait toujours un pour se libérer du carcan des bonnes manières et la rejoindre sur le terrain de la vérité. Car c'était bien là l'enjeu : la vérité dans toute sa brutalité.

Ce n'était pas une gourde, de celles qui s'imaginent, dans une tragique illusion, qu'elles disent la vérité parce qu'elles disent ce qu'elles pensent. Ses explosions de vérité à elle, mûries par un instinct puissant, avaient quelque chose d'animal tant elles semblaient ne jamais passer par le filtre de la connaissance et de l'intellect.

« Nous ne voulions pas vous importuner avec un sujet assommant...

— Allons, allons », fit-elle tout en désignant du regard le seau à champagne à Hubert d'A., qui s'empressa de la servir pour mieux se faire pardonner. « Vous croyiez que les autres ne se passionnent que pour les mérites comparés de la flûte et de la coupe ? C'est vrai de certains, pas de tous. Alors de quoi s'agit-il ? Notre amie m'a dit que vous aviez eu des mots à propos de l'ordre des *Pensées*, le classement arbitraire des liasses, tout ça...

— C'est déjà du passé. En fait, nous achevions cette ancienne causerie entamée il y a une quinzaine dans les vestiaires de l'Auto après la piscine, poursuivie dans la chaleur du sauna, ce qui eut pour effet de faire fuir le SBF 250 en sueur !

— En fait, nous avons glissé vers la controverse Barthes-Picard sur Racine, vous voyez ? » fit Sévillano en observant le sourire soudainement amusé de Sonia penchée vers lui, le sillon de la naissance de la poitrine un peu plus qu'en évidence, puits d'ombre entre deux seins d'albâtre, lui tendant le plateau de canapés à la tapenade. « À propos, avez-vous lu *Sous le soulier de Satan*, le nouveau Fabien del Fédala ?

— Sur Racine ou sur les surgelés, tout le monde s'en tape », lança Marie-Do en se retournant vers de nouveaux venus.

En parfaits intellectuels de compagnie, Hubert d'A. et Stanislas Sévillano poursuivaient leur parlerie dans l'indifférence de l'entourage. Premiers arrivés, ils avaient accueilli les autres invités avec la courtoisie d'usage, usant d'une même urbanité pour effleurer du bout des lèvres les doigts d'une dame, que pour juger un homme d'après la qualité de sa poignée de main. Mais ils reprenaient leur place aussitôt pour se livrer à leur goût commun de la *disputatio*, un art de la conversation pratiqué parfois à l'égal d'un art martial ; formés pareillement sur les bancs de la rue d'Ulm mais à une génération d'écart, l'un et l'autre vivaient des intermittences des valeurs boursières, l'un comme agent de change, l'autre comme gestionnaire de patrimoine, mais ils mettaient un point d'honneur à n'en parler jamais, surtout pas dans un dîner, non seulement parce que c'eût été vulgaire mais parce que la seule vue d'un billet de banque leur rappelait le bureau.

À leur manière, ils étaient des honnêtes hommes au sens où l'entendait Pascal, justement, dans certains de ses fragments : dès qu'ils se trouvaient en société, ils fuyaient leur spécialité afin d'être capables de penser et réfléchir sans avoir à démontrer leur science. Leur complicité d'anciens normaliens augmentait à proportion de l'étonnement des autres. Car leur cercle n'entendait jamais rien à leurs histoires, à supposer que quiconque ait jamais fait l'effort de s'y intéresser.

Leur amitié intriguait, car elle reposait sur cette étrangeté qui, justement, leur échappait : l'ardent désir d'échanger autre chose que du *small talk* (spécialité anglaise au même titre que la saucisse et le parapluie, destinée à tuer l'esprit d'analyse et le goût de la réflexion au nom des bonnes manières). Ils abhorraient cette façon si bien élevée et si superficielle de parler de tout et de rien au prétendu motif de briser la glace, car en réalité les gens aimaient cette vacuité dans la conversation ; cela revenait, au fond, à faire du bruit avec la bouche sans se prononcer sur rien ni prendre parti. Leur anglomanie, insondable mystère par lequel tout ce qui nous vient de là-bas s'attire les faveurs, s'arrêtait là.

Que le *small talk* fût une entrée en matière pour ne pas attaquer frontalement son prochain voisin de table, soit ; qu'il leur permît d'éloigner le spectre redouté de la carte de visite professionnelle, certes ;

mais qu'il s'éternisât durant toute une soirée, il n'en était pas question. La seule évocation des projets de vacances les faisait fuir, d'autant qu'ils n'étaient pas de ceux qui « partaient en vacances » mais de ceux qui déplaçaient le terrain de leur ennui ; que des personnes passant pour des êtres de qualité quand elles étaient prises isolément pussent ainsi abdiquer tout esprit dès lors qu'elles se trouvaient en réunion demeurait une énigme indéchiffrable aux yeux d'Hubert d'A. et de Stanislas Sévillano, prompts à dénoncer alors l'horreur balnéaire. Nul ne les avait jamais surpris parlant du temps qu'il fait. Même pas en période de catastrophes naturelles. À moins que les peupliers d'Italie, qui font l'orgueil du grand parc de Versailles, ne s'abattissent sur le château, mais le phénomène était assez rare.

En leur présence, l'empire de la futilité ne prendrait pas le dessus. Ils avaient l'un et l'autre survécu difficilement à quelques soirées plombées par cette tuante légèreté ; le souvenir leur en était encore douloureux ; depuis, ils étaient déterminés à ne plus subir. Il n'est pas de petite résistance.

Un autre couple rejoignait maintenant l'assemblée. Tandis qu'elle se séparait de son manteau, il se penchait vers la boîte à cigares disposée en face de la porte avant de faire leur entrée dans le salon. Bonsoir bonsoir, des mains qui se croisent, pardon, après vous, je n'en ferais rien, des dos qui s'inclinent, des présentations inaudibles qui favorisent les malentendus, mais qui osera faire répéter, personne, tant pis, très heureux, nous nous sommes déjà rencontrés n'est-ce pas, mais où, mais oui ! ici même l'an dernier, où avais-je la tête, mes hommages, un autre glaçon, je vous prie.

Ils allaient parfaitement bien ensemble, les Costières. À peine la quarantaine, chacun. Probablement les plus jeunes de la soirée. On eût dit qu'ils étaient frère et sœur tant ils se ressemblaient. Des liens de sang ? Qui sait. À moins qu'ils n'aient été formatés plutôt que formés dans les mêmes écoles, les mêmes boîtes de nuit, les mêmes soirées, les mêmes vacances, les mêmes fournisseurs, phénomène qui ne pouvait qu'aboutir à cette bizarrerie : un goût pour deux. Car ils partageaient aussi les mêmes idées sur à peu près tout. De quoi désespérer la scène de ménage.

Ils devaient se sentir désunis en l'absence de leur moitié. En fait, ils semblaient aimantés par leur opportunisme autant que gouvernés par leur arrivisme. De la graine de nouveaux riches. Ils avaient effectivement réussi assez rapidement, les deux par les voies impénétrables de la finance. Mais contrairement à d'autres présents ce soir-là, qui y pensaient toujours et n'en parlaient jamais, ceux-là ne parlaient de rien d'autre sans jamais cesser d'y penser.

L'argent. La fabrique de l'argent. Les moyens de faire de l'argent avec de l'argent. Toute leur intelligence, qui était indéniable, et toute leur énergie, qui semblait inépuisable, s'y concentraient jour et nuit. Mais à la différence des autres ils étaient deux. Une paire indissociable. Avec eux, la planche à billets ne s'arrêtait pas de fonctionner. Il y en avait toujours un aux commandes de la machine à cash. À ce niveau-là, la spéculation relevait des beaux-arts. L'un et l'autre s'étaient vraiment trouvés. Là s'était réfugié le secret de leur union.

Malheureusement, tout cela sautait aux yeux à en être parfois vulgaire, comme la cravate mauve fluo se détachant sur les rayures de sa chemise elles-mêmes encadrées par celles de son costume gris, ainsi qu'il sied à la *city*. Aucune retenue, aucune limite. Il y en a pourtant une au-delà de laquelle l'ambition bascule dans l'arrivisme, mais l'avaient-ils jamais entrevue ? La carte de visite leur brûlait les doigts. Ils piaffaient d'impatience ; on guettait l'instant où ils allaient mordre, mais avec le sourire. Des dévoreurs dont la séduisante force d'attraction faisait oublier qu'ils pouvaient se révéler être à l'occasion des prédateurs. Ils avaient encore faim, sans que l'on sût si cet irrépressible désir de manger le monde était l'ombre portée d'une ancienne promiscuité. Ce n'était pas la misère de l'homme sans Dieu qui les guettait, mais le malheur de celui qui ne doute de rien.

On les avait invités ce soir-là non pour ce qu'on aurait aimé qu'ils fussent, mais justement pour ce qu'ils étaient. Beaux, riches, énergiques, relativement jeunes. Si décomplexés qu'on y eût cherché en vain la trace d'une complexité. Ils allaient bien dans le décor. Ils convenaient, de manière intransitive.

Erwan Costières se répandait sur ses projets

d'avenir. Rien de moins que prendre au plus vite sa retraite afin de se consacrer à l'approfondissement des joies du golf, étant entendu qu'il réduisait la terre aux dimensions d'un vaste parcours international planté de grands hôtels. Il n'en avait pas encore le physique. Trop souple, nerveux, sec, vif. Lorsque sa morphologie de joueur de squash prendrait de la chair, ce serait signe qu'il était prêt à passer la main. Dans sa tête, il l'était déjà et envisageait sans état d'âme de consacrer ses quarante prochaines années à se ramollir le cerveau.

Une force brutale surgissait de son avidité à accumuler chaque jour davantage. Cette avidité animale augmentait encore la virilité qu'il dégageait spontanément. Madamedu n'y était pas insensible; elle prenait plaisir à l'observer, à deviner son corps au repos et sa musculature dans la tension amoureuse, à imaginer sa coupe de cheveux enfin débarrassée de ce gel d'un goût si commun qui lui donnait, comme à tant d'autres, l'allure et l'odeur ordinaires d'un homme qui sort à peine de la douche. À toute heure il sentait la salle de bains. Autant dire que tout dans sa physionomie annonçait son âme, ce qui ne laisse aucune place au mystère.

Sybil Costières était la troublante réplique de son mari, aussi féminine qu'il ne l'était pas. Elle traînait dans son sillage des effluves qui énervent les sens. Tout était à sa place dans des proportions harmonieuses. Les seins, les fesses, les jambes. Elle en montrait assez sans que cela passât pour de l'exhibition ; ses atouts étaient entretenus grâce à une discipline d'airain.

À l'examen, elle avait un plus et un trop.

Le premier était imperceptible aux femmes, lesquelles n'imaginaient pas que cela pût jouer, et moins encore exciter les regards masculins ; ce n'était pas tant ses seins — elles avaient toutes des seins et certains venaient du même fournisseur, ainsi que leurs hardes griffées — mais les bouts de seins, manifestement durs, qui se détachaient sur de larges aréoles brunâtres, tétons érectiles qui pointaient à travers une étoffe moulante à dessein, nouant ainsi des formes et des reflets à la limite de l'indécence. Voilà pour le plus.

Quant au trop, il se voyait comme le nez au milieu de la figure : c'était sa bouche, ou plutôt ses lèvres, artificiellement ourlées et gonflées à l'aide de produits qui ne cessaient de se perfectionner. Depuis que Sybil Costières avait posé son sac et pris place sur le grand canapé écru, Stanislas Sévillano la dévisageait en tâchant de ne pas manifester son accablement. Alors, vous aussi ? semblait dire son regard désolé. Elle qui avait de si jolies lèvres, si discrètement soulignées par un menton en parfaite concordance avec le dessin de son visage, elle aussi y était passée. À croire que c'eût été déchoir de manquer la visite au chirurgien, devenue une étape obligée dans une société prête à conférer parfois au plus charlatan des plasticiens le noble statut d'artiste pour avoir su métamorphoser une femme en momie.

Il lui aurait pardonné si elle avait été de la

pathétique légion des disgraciées méritant réparation ; or il l'avait suffisamment croisée dans Paris, et souvent même de près, pour se souvenir qu'elle n'en était pas. Désormais, Sybil avait la même bouche standardisée que les autres, les petites secrétaires qui y consacraient l'intégralité de leur treizième mois comme les *people* de magazines. En la contemplant, on ne voyait plus que ça. Ce paquet de lèvres déjà vu et revu, modèle déposé et breveté, une horreur. Disparus la profondeur du regard, la petite fossette au creux des joues, l'éclat des dents, la courbe mutine du nez. Ce monstre de lèvres gâchait tout ce qui l'entourait. Impossible de s'en détacher, il aimantait le regard avant de provoquer le dégoût. Mais qu'est-ce qui les poussait toutes à en faire autant ? L'accablant esprit moutonnier de la mode ? Mais on ne change pas de lèvres comme de chaussures. On les garde longtemps. Du pur narcissisme alors, ces femmes n'étant gouvernées que par la séduction d'elles-mêmes.

De quelque côté qu'il envisageât la question, Stanislas Sévillano en revenait toujours à cette évidence : ce secret souci de sensualité s'associait pour l'essentiel à la succion. Consciemment ou non, ces femmes voulaient se faire passer pour des pompeuses hors pair, puisque l'imagerie la plus répandue de la littérature érotique et du cinéma pornographique, relayée par la tendance et amplifiée par la publicité, liait le fantasme de la salope au charnu de ses lèvres. Voilà ce qu'il aurait voulu dire à Sybil Costières, mais il ne lui dirait pas, ni à elle ni aux autres, ça ne se fait pas, et puis à quoi bon lutter contre le courant.

N'empêche, étant entendu qu'il s'agissait d'exciter les hommes, elle eût tiré quelque profit à leur demander conseil avant puisqu'ils étaient les premiers concernés. Lui n'aurait pas manqué d'arguments pour la décourager — et l'on imagine sans peine le plus convaincant. Non la laideur de la chose, car elle lui aurait certainement objecté que l'inesthétique relève de la subjectivité, mais une théorie imparable en neuf points qui l'aurait laissée coite, étant donné que : 1. les gays sont à l'avant-garde des tendances, 2. ils lancent les modes les plus durables, 3. nul n'est mieux placé qu'un homosexuel pour l'expertise des queues, 4. les hommes entre eux se confient bien davantage que les couples hétéros leurs impressions sur la technique sexuelle, 5. ils maîtrisent le grand art de *fello* (latin, sucer) et même de *fellito* (sucer aussi, mais souvent) grâce à une expérience accumulée depuis l'Antiquité, cette pratique chronique et compulsive de la fellation suffisant à démontrer la supériorité du *fellator* sur la *fellatrix,* 6. or on ne sache pas que cet affreux air du temps qui consiste à se rendre toutes propriétaires du même ornement buccal ait fait des ravages chez les gays, 7. on peut même dire qu'ils le dédaignent superbement et qu'ils comptent davantage sur leurs dons naturels pour faire monter la sauce, 8. d'où il appert qu'elles font fausse route si elles s'imaginent gagner ainsi en efficacité, 9. sauf à croire que l'important pour une femme n'est pas d'être une salope mais d'en avoir l'air, et là, Stanislas Sévillano aurait rendu les armes.

Quand Sybil Costières lui demanda du feu, il en fut accablé. Car elle était ainsi faite et refaite que même ses cordes vocales sonnaient comme un piano accordé de la veille. C'était une néo-femme. Sa réaction ne pouvait lui échapper tant elle était manifeste, mais il n'oserait pas lui dire le fond de sa pensée, pas encore :

« Qu'y a-t-il ?

— Quand je vois quelqu'un qui fume, ça me rappelle le XXe siècle. »

Il se surprit alors à observer l'employée de maison qui offrait un tour d'honneur aux canapés à la tapenade. Son regard s'attarda sur Sonia comme jamais auparavant tant, à ses yeux, elle s'était toujours fondue dans le décor ; à croire qu'il la découvrait pour la première fois. Était-il victime de l'effet de contraste ? Toujours est-il qu'elle lui apparut dans tout son éclat, mais un éclat des plus discrets, sans manière ni artifice, d'un naturel éblouissant. Il est vrai qu'elle avait des atouts d'origine ; bien proportionnée, la jeune femme en noir et blanc avait le tact de ne pas s'en servir, se gardant de toute provocation, même si elle avait l'intelligence de laisser un peu deviner le grain de peau, un galbe, des formes que leur dissimulation rendait plus attirants encore. Tous les hommes ne fantasment pas sur des squelettes.

« Merci, Sonia », fit-il en acceptant qu'elle remplisse à nouveau sa coupe. Le sourire complice qu'ils échangèrent alors était d'autant plus désintéressé que, de réputation, elle savait l'homme sans danger, n'imaginant même pas le retour de flamme d'une bisexualité mal enfouie. Mais comme elle avait remarqué qu'il l'examinait depuis quelques instants, la domestique l'interrogea d'un regard muet exprimant un « Qu'y a-t-il ? » que lui seul pouvait percevoir.

« C'est juste que je vous trouve très bien dessinée. Mes félicitations à vos parents. »

Il se disait qu'elle au moins devait savoir que les perles ne sont pas tout le collier, c'est le fil aussi qui les tient. Ils n'eurent guère le loisir de poursuivre, un couple faisait son entrée. Un trio plutôt car Me Adrien Le Châtelard et son épouse avaient manifestement fait connaissance avec George Banon, l'invité d'honneur, en pénétrant dans l'immeuble.

« Votre ami nous doit la vie, ou du moins sa partie la plus agréable, à savoir de figurer parmi vos commensaux, fit-il en s'inclinant, car vous aviez omis de lui communiquer le code et sans ce sésame, à Paris, cher Monsieur, on finit sous les ponts ou au Crillon, selon les goûts. »

Madamedu lui avait tendu une main molle comme une limande afin de décourager la poignée, car elle n'envisageait pas qu'un homme puisse la saluer sans esquisser un baisemain.

« Où avais-je donc la tête ? Il me semblait pourtant bien l'avoir indiqué dans le pour-mémoire... Mais qu'importe ! Soyez le bienvenu, cher Monsieur, fit-elle en lui prenant le bras avec l'air de ne pas y toucher, permettez-moi de vous présenter à nos amis... voilà... George Banon... Marie-Dominique et son époux, Son Excellence l'ambassadeur de France... »

Celui-ci se leva pour le saluer tandis que Marie-Do, toujours assise, interrogeait déjà le nouveau venu :

« George, avec ou sans *s* ?

— Sans.

— Alors ce sera Djorge, n'est-ce pas ?

— Je n'osais pas le faire remarquer à notre hôtesse, dit-il à mots couverts créant ainsi un embryon de complicité. Il est toujours désobligeant de reprendre quelqu'un en public, d'autant que cela n'a guère d'importance, c'est juste une question de vie ou de mort.

— Vous me plaisez, Djorge, asseyez-vous là », fit-elle en tapotant le coussin droit du canapé avant de le tirer par la manche, au mépris des autres invités qu'il ne put gratifier que de salutations dignes d'une tournée électorale. « Alors, d'où arrivez-vous ?

— De Toronto. Je suis canadien, si je puis dire, car là-bas, les Canadiens, il faut les chercher. En fait je vis parmi les anglophones, d'où l'absence de *s*.

— Mais votre français est ex-cel-lent, dites-moi...

— Je suis né français, et je le suis même resté à une époque, au temps des colonies.

— Ah... Et demain, eskimo ?

— Américain, qui sait, ou britannique, ou autre, là où mes intérêts me porteront. Je n'ai pas de racines fixes : je suis là où sont mes pieds.

— Vous comptez signer ce soir ? »

Il eut un mouvement de recul, stupéfait qu'elle soit au courant d'un aussi confidentiel projet de contrat, avant de masquer sa surprise avec un brin d'ironie : « Ni arme ni stylo quand je dîne en ville », puis il se laissa emporter vers un autre coin du salon par Madamedu qui ne le lâchait pas des yeux, bien déterminée à ne pas se laisser saboter la soirée, ni son véritable objet, par une simple remarque assassine. Un jour, il faudrait qu'elle rappelle à Marie-Do la différence qu'il y a entre la qualité d'invité et celle d'évité.

Leur mouvement les amena tout naturellement vers ceux de tous ces inconnus que l'homme d'affaires connaissait le moins mal puisqu'ils s'étaient présentés devant la porte cochère de l'immeuble.

« Alors, cher Monsieur, on se fait aux joies de la vie parisienne ? Ici, c'est Offenbach tous les soirs, ou presque. Vous ne pouviez mieux tomber. »

Plus l'avocat parlait, plus sa femme à ses côtés se taisait, plus George Banon les étudiait. Il en avait tout le loisir, car Me Le Châtelard posait des questions qui n'attendaient pas de réponses, quand il en posait, généralement pour reprendre sa respiration avant d'enchaîner aussitôt. En aurait-on profité pour y glisser quelques mots qu'il eût considéré cette intrusion comme une tentative de vol avec effraction. La parole lui appartenait et réciproquement.

Il avait dû vouloir, très tôt très jeune, être le meilleur en tout : école, études, bridge... ; même pour descendre les poubelles, il avait certainement voulu être le meilleur. Sur ses bajoues alourdies et paupières fatiguées se lisait l'accumulation de trente ans de dîners en ville. Tout dans ses rondeurs, prolongées par les courbes d'un nœud papillon lie-de-vin dont on pouvait deviner qu'il était sa signature, annonçait sa qualité d'avocat tel qu'on l'imagine et tel qu'on en rencontre encore souvent, tant la profession se plaît à coller à sa caricature. Encore que son bavardage fût loin d'être inintéressant. Le fait est qu'il savait rapidement ferrer son auditoire.

L'homme était cultivé en ce sens qu'il possédait dans son stock de connaissances suffisamment de bons mots de Guitry et de reparties de Churchill pour amuser un banquet jusqu'à l'aube; Guitry surtout, qu'il idolâtrait, auquel il s'identifiait dans ses jours fastes, mais il lui manquait encore un certain cynisme pour oser lancer en public « crime et châtiment ! » en voyant entrer une femme et sa fille dans un salon; ses dons d'imitateur étaient connus et ses références historiques, d'une surprenante précision pour tout ce qui touchait au premier et au second Empire, faisaient mouche auprès d'un public qui en avait oublié le détail, à supposer qu'il l'ait jamais su; le plaideur touchait à tout, car il lui eût paru indigne de ne pas porter secours (traduisez : de refuser une affaire) à la veuve et à l'orphelin (en fait, à la veuve surtout), mais il avait acquis sa réputation par sa science du divorce. Il avait le génie de la séparation sous toutes formes et cela avait fini par se savoir. D'autant qu'il n'aurait laissé personne dans l'ignorance de cette nouvelle.

Dix minutes ne s'étaient pas écoulées que George

Banon en était convaincu : s'il n'avait déjà eu lui-même l'occasion de quitter sa femme du temps où il vivait encore en France, voire de la liquider en entamant une procédure de licenciement non de son entreprise mais de son existence, il aurait certainement loué les services de Me Adrien Le Châtelard pour l'aider à s'en débarrasser sans y laisser la moitié de ses biens et valeurs. En attendant, il commençait déjà à se lasser du spectacle de cet étonnant bavard qui ne semblait pas animé par la haine de soi. Même quand il compensait en confiant, dans un accès d'autodérision, que son ego était si massif qu'il en avait fait don à la recherche médicale.

Son épouse l'intéressait davantage. Il est vrai que les Le Châtelard formaient un couple aux antipodes des Costières. On ne faisait pas plus mal assorti. « Une inquiétante étrangeté » : l'idée était de Freud, mais Marie Bonaparte s'était chargée de la transposer en français sous une forme qui fit fortune. L'expression semblait avoir été inventée pour Christina Le Châtelard. Comme si elle s'en était revêtue. Tout en elle était *unheimlich.* Du genre à ne jamais rater un enterrement. N'était-ce pas elle qu'on appelait la mère Lachaise ?

George Banon ne tarda pas à comprendre que l'impression sur lui produite était largement partagée par les autres. Elle n'ouvrait pas la bouche. Peut-être n'entendrait-on même pas le son de sa voix de toute la soirée. Non qu'elle fût effacée, timide ou gauche. C'était bien autre chose.

Assez petite et menue, fine et plate, un mince

duvet blond ombrant sa lèvre, tout le contraire de ce qu'ils appelaient une bombe, elle paraissait plus fragile que frêle. On l'eût dite faite de porcelaine de Sèvres. Pas une création récente mais une rareté d'un autre siècle, de celles qui font l'orgueil des cabinets de curiosités dans ces grandes maisons de la vieille Europe où le maître des lieux vous montre ce qui est le plus cher à son cœur après le dessert, lorsque les autres se dirigent déjà vers le fumoir. Il est vrai qu'elle était hors d'âge depuis sa jeunesse. Tout en elle troublait. Les invités hésitaient à lui adresser la parole de crainte de la déranger dans ses pensées. Son personnage était si insaisissable que, le croiserait-on dans l'escalier, on ne saurait dire s'il monte ou s'il descend. À entendre la logorrhée cultivée de M^e^ Le Châtelard et à écouter les silences de son épouse, on comprenait vite qu'elle avait plusieurs fois divorcé de lui sans même qu'il s'en aperçoive.

Stanislas Sévillano, qui observait ce manège, se rapprocha de George Banon :

« Un mystère, n'est-ce pas ?

— Pour vous aussi ?

— Je vous fiche mon billet qu'elle ne dira rien de la soirée et que son mari parlera pour deux, dit-il en l'entraînant à faire quelques pas vers la bibliothèque. Elle ne vous rappelle rien ? »

Ils la regardaient tous deux sans dire un mot. Christina était la seule à n'être pas habillée en noir. L'inévitable noir de la fameuse petite robe noire. Elle portait une chose légère en mousseline dans des tons pastellisés, ponctuée de motifs de couleur si fins que l'on eût dit des taches diffuses. Sa robe n'était pas une robe mais un sentiment qui flotte autour d'un corps. Une fine dentelle entourait son corsage. La chevelure blonde et finement bouclée dévalait jusqu'à la naissance de sa poitrine. Le regard évanescent prêt à s'envoler de son visage d'oiseau, les yeux en forme d'escarpins, le geste lent, et pourtant, rien de moins étudié. Naturellement posée, elle ne prenait pas la pose tant elle semblait indifférente au monde. Elle tranchait tant elle était insensible au *glamour* du grand argent. Côte à côte, les deux hommes l'évaluaient.

« Rossetti, vous voyez ?

— Les chaussures ?

— Dante Gabriel Rossetti... les préraphaélites... Burne-Jones et toute la confrérie nostalgique des primitifs... D'ailleurs, si je me souviens bien, sa sœur s'appelait Christina. La poétesse Christina Rossetti. Virginia Woolf adorait ses vers : "Mais donnez-moi des coquelicots bordés de sommeil mortel/ Et du lierre qui étouffe ce qu'il entoure/ Et des primevères qui s'ouvrent à la lune..." Une famille d'exilés italiens à Londres au milieu du XIXe, vous imaginez. Je me demande si les parents de notre Christina n'en ont pas été inspirés à l'instant même de fabriquer ce pur diamant. Regardez, on a l'impression que de la fumée s'élève tout autour d'elle... »

Il est vrai qu'elle avait quelque chose d'indiscutablement... préraphaélite. Son teint diaphane accentuait cette dimension d'irréel dans le vaporeux de sa silhouette. Mais son regard, si doux et intense à la fois, révélait qu'à l'intérieur un soleil noir l'irradiait. En Amérique, où l'état civil vous donne toute licence d'inventer les prénoms les plus surprenants, elle eût été probablement baptisée Diaphane. Ce qui en faisait autre chose qu'une femme, une présence. Du moins aux yeux d'un homme averti. Aux autres, un fantôme égaré.

Tout dans son apparence portait la marque d'une certaine patine, jusque dans la guipure ivoirée dont sa poitrine était parée, précieuse dentelle qu'elle faisait venir spécialement de la maison Forster Rohner, dans le canton de Saint-Gall où on la considérait à l'égal d'un trésor national helvétique. C'est peu dire que Christina était troublante. Le mystère de cette femme était tel qu'il ne pouvait décevoir l'écriture. En aucun cas. Un vrai cadeau. Son pouvoir d'hypnose, d'autant plus puissant qu'elle en usait à son corps défendant, ne fit pourtant pas le poids face à un appel sur le téléphone portable de George Banon, lequel s'éloigna du groupe pour se réfugier dans un boudoir, la main collée à l'oreille.

Une sonnerie. C'étaient les derniers invités.

On ne saura jamais lequel est le plus gêné, du premier arrivé qui regrette de l'être, perdu dans la solitude du salon tandis que la domesticité s'affaire encore au loin et que lui parviennent les échos des ultimes préparatifs, ou des derniers qui sont d'autant plus impardonnables qu'ils habitent à un pâté de maisons, un vrai village en plein Paris, si bien qu'on ne peut même pas invoquer les embouteillages, Joséphine est passée nous chercher, elle ne voulait pas arriver seule chez toi, on a bavardé autour d'un verre, ça lui a fait du bien, vraiment désolés, mais tu sais ce que c'est quand on vient à pied, non justement je ne saurai jamais ce que c'est, mais ce n'est pas grave, vous avez tué le soufflé au fromage, nous improviserons un bœuf bourguignon, non je plaisante, les autres étaient en avance, tout va bien, vous connaissez tout le monde, sauf George Banon un peu occupé, ce sera pour tout à l'heure...

L'impair de Joséphine passait d'autant plus mal qu'elle s'était invitée en quelque sorte. Avec le culot mâtiné de sans-gêne qui annonce souvent les gens des médias, non les médiatiques mais les médiateurs, elle avait demandé en toute amitié à Madamedu de la convier à ce dîner lorsqu'elle avait appris la présence de George Banon. Directrice de programmes sur une chaîne câblée depuis plusieurs années, elle ne vivait que pour ça. Son métier. Tout y avait été sacrifié, maris, enfants, parents, famille, loisirs. Pas les amis, jamais les amis, non en raison d'une conception supérieure de l'amitié mais parce que ses amis, dont la plupart n'étaient en fait que des relations qui lui tourneraient le dos au premier faux pas l'entraînant en spirale dans l'une de ces chutes dont on ne se remet pas, ses amis pouvaient toujours servir. Elle avait des amis comme on a des meubles. Le genre de femme qu'on abandonne comme une hypothèse.

Il ne lui restait plus qu'un échelon à franchir pour diriger la chaîne; mais la rumeur rapportait que la personne qui occupait le fauteuil ne se levait jamais, même pas pour aller aux toilettes, de crainte d'y trouver Joséphine assise à son retour. À moins de la tuer, elle devrait ronger son frein longtemps encore, d'autant que la personne en question était de sa génération et que les actionnaires l'appréciaient.

Joséphine ne déparait pas dans le salon des du Vivier, si sensible à l'esprit de l'époque qu'elle en épousait aussitôt les moindres frémissements, si parfaitement calquée sur l'éphémère qu'elle en subissait tous les leurres avec un volontarisme qui aurait dû forcer l'admiration ; elle était tellement à l'aise dans son personnage toujours porté à la dérision de tout sauf de ce qui pouvait la servir dans l'instant, plus actuelle que moderne avec sa robe courte et moulante qui ne dissimulait plus grand-chose une fois qu'elle était assise. De ce fuseau en lamé noir elle avait fait de toute évidence l'écrin de jambes interminables, mais eût-on reproché à Hubert-les-yeux-bleus de toujours porter des chemises assorties ? On fait avec ce qu'on a.

Joséphine, dont la patience n'était pas la vertu cardinale, piaffait en attendant que leur hôtesse lui présentât Banon, le fameux Banon, l'industriel canadien dont l'empire s'étendait petit à petit en Europe ; les milieux financiers bruissaient de ses prises de participation, sobres mais de plus en plus conséquentes, dans des maisons d'édition, des journaux, des radios, et de sa volonté de créer *ex nihilo* une chaîne de télévision dont elle envisageait de faire la conquête. L'homme et la chaîne. Son amie le lui avait promis, elle serait sa cavalière à table.

« C'est ainsi, par ces infimes détails, que l'on modifie le paysage audiovisuel français à l'aube du XXI^e siècle », murmurait-elle ironiquement, tout en se demandant si, au fond, il n'en avait pas toujours été ainsi. À ceci près qu'il n'y avait pas toujours eu des Joséphine pour forcer le hasard en créant la nécessité de toutes pièces. Les faits donnent souvent raison aux opportunistes, hélas, mais pas aux yeux de tous, ce qui console les discrets de tant d'occasions manquées ; c'est bien le mot, « manquées », car « ratées » sonnerait durement et ferait du mal pour rien.

Toujours prête à aider les puissants dans le besoin en authentique petite sœur des riches, Joséphine avait bien l'intention de ne rien rater et de ne rien manquer sans faire dans le détail. Elle s'y était préparée, comme souvent, en passant chaque invité à la loupe d'un moteur de recherche. Son assistante lui avait préparé des biographies de chacun ; les dossiers de différentes couleurs devaient être alignés sur son bureau trois heures avant le dîner ; celui qui n'en avait pas, généralement une épouse, ne présentait par conséquent aucun intérêt. Une telle préméditation dans la spontanéité se sentait toujours, car Joséphine était généralement la seule à se souvenir des détails d'une carrière que l'intéressé lui-même avait oubliés. Ça tuait le mystère, mais elle n'en était pas à un meurtre près.

Joséphine avait déjà abandonné le couple dont elle avait fait ses gardes du corps d'un soir, ses amis Dandieu que lui avait présentés un an plus tôt sur une piste de ski de fond du Valais leur chère relation commune, Mania de la Moubra; lui surtout, écrivain en tout genre y compris le bon, fournisseur d'articles en gros, demi-gros, détail, membre de l'Académie française, élu il y a une dizaine d'années à un fauteuil prestigieux dont il n'aurait pas à souffrir de la généalogie. Il se voulait si républicain qu'il se disait laïque et obligatoire tout en regrettant de ne pouvoir être également gratuit; un homme charmant à tout point de vue, insouciant de nature, agréable en toutes circonstances et même à l'approche de ce maudit tiers provisionnel qui augmentait le taux de suicide dans le métro et sur les ponts de Paris, Dandieu comme il voulait qu'on l'appelle, à l'ancienne, en laissant le prénom de côté.

Il était le seul écrivain de leur milieu, rareté assez prisée, vite appelé à jouer le rôle de l'écrivain de service. Un écrivain est toujours décoratif à une table; on suppose qu'il a des lettres d'où l'on déduit qu'il a des choses à dire; et si en plus il est de l'Académie, c'est une guirlande. Ses livres figuraient en bonne place dans la bibliothèque de ses hôtes, près de Dante et Decaux, son petit dernier reposant sur la table basse, bien en évidence mais pas trop. Malgré tout, lorsqu'ils apprenaient sa qualité d'écrivain, il y en avait toujours pour commenter la nouvelle par un : « Ça doit être intéressant » aussitôt suivi par un : « Et à part ça, que faites-vous dans la vie ? » ce qui, inexplicablement, au lieu de l'exaspérer comme autrefois, l'enchantait tant la remarque lui procurait la douce sensation de rajeunir.

Ce n'était pas par coquetterie, mais Dandieu

aimait à se présenter avant tout comme lecteur; il se disait plus fier des pages qu'il avait lues que de celles qu'il avait écrites; naturellement, il rassura très vite Sévillano sur la qualité et le succès à venir du dernier livre de Fabien del Fédala, sur sa manière inimitable de « *kill the darling* » comme disait Faulkner afin de bannir toute mièvrerie; un vrai lecteur, ce Dandieu, connu aussi pour, lorsqu'il dégrafait le chemisier d'une femme, lui donner l'impression de l'ouvrir comme un livre.

Elle, son épouse, paraissait aussi insignifiante en société qu'elle devait être exceptionnelle dans son laboratoire de recherches en biologie; d'ailleurs, au moment de la présenter, Sophie du Vivier avait une fois de plus oublié son prénom; à vrai dire, on souffrait pour elle, on compatissait de la deviner ainsi coupée de son monde, le seul qui l'intéressât vraiment, et en regard duquel cette petite société valait moins qu'une réunion de microbes.

Elle faisait des efforts, déployait des sourires et participait à la conversation en la ponctuant de quelques jugements à la neutralité éprouvée, mais on sentait bien que le cœur n'y était pas. À moins que l'on n'évoquât la vie politique autrement que par des ragots d'alcôve, ou que l'on se penchât sur l'invention de maladies imaginaires par le service marketing des laboratoires pharmaceutiques, la scandaleuse indifférence des décideurs vis-à-vis de la recherche scientifique ou encore la montée de la vie associative face à la désaffection des grands partis; mais elle savait qu'on n'en parlait jamais chez les du Vivier, tant cela eût paru inconvenant, déplacé, ou plutôt, vulgaire.

Les invités étaient au complet. Tous nets et impeccables. Les Marchelier ne viendraient donc pas mais ce n'était pas plus mal ; ils auraient fait tache car, pour intéressant qu'il fût, lui était si peu soigné en toutes choses, que même lorsqu'il offrait des fleurs d'une grande maison, on eût dit qu'il s'arrangeait miraculeusement pour qu'elles fussent à son image, sales et froissées, ce qui était une prouesse.

Assise bien droite dans un fauteuil Régence, Christina Le Châtelard les observait un à un silencieusement. Cette petite assemblée lui rappelait un dessin de Sem qui ornait autrefois une réclame pour le magasin *High Life Tailor* rue de Richelieu ou rue Auber, sur laquelle on pouvait lire : « La brute se couvre, le sot se pare, l'homme élégant s'habille. » En fait, elle les envisageait plus qu'elle ne les dévisageait là où le regard féminin s'aventurait rarement.

Avant même la cravate, les nœuds. Les gros prétentieux et les petits maigrelets, les très serrés à s'étrangler et les négligemment relâchés, pour ne rien dire des plis et torsades. Comme si leur âme s'était réfugiée dans leur nœud. Il fut un temps où Madelios et Old England faisaient venir de Londres jusqu'au boulevard des Capucines un expert en nouage de cravates à l'intention de leurs fidèles clients. Aucun détail n'est insignifiant dès lors qu'on le considère avec une certaine intensité.

Elle s'étonnait d'une banalité : tous les hommes étaient en complet sombre. Le noir après dix-huit heures, n'était-ce pas une convention immuable depuis la fin du XVIIIe siècle, mais qu'importe ; elle comprenait mal cette habitude de se donner des allures d'entrepreneur des pompes funèbres, d'autant que certains poussaient le vice jusqu'à ne porter que des cravates noires sur leur chemise blanche. Rien n'était plus sinistre. Seul le mince ruban rouge de la Légion d'honneur ou le bleu de l'ordre du Mérite rehaussait parfois la marée noire, le premier pour mérites éminents, le second pour mérites distingués, nuance de vanité qui passait largement au-dessus de la tête des spectateurs.

La tradition, agrégat de rites prétendument de haute volée, voulait que l'homme revête ainsi un ersatz de smoking afin que sa neutralité fasse mieux ressortir les robes des dames dans tout leur éclat. Mais la tradition n'avait pas prévu qu'un jour, les femmes inventeraient de paraître aussi endeuillées que les hommes, et durablement.

Hormis cette dépression vestimentaire, elle s'attacha particulièrement aux souliers ; de tous les détails, il était celui qui posait une personne à ses yeux. Ainsi Stanislas Sévillano, ce cher Stan, était de toute l'assemblée le seul dont elle était assurée qu'il mourrait les pieds impeccablement chaussés. Non seulement ses souliers étaient de qualité, mais ils étaient nettoyés, cirés « à la lune » dans la recherche d'une certaine décoloration, lustrés comme à leur premier jour, les lacets soigneusement repassés. Elle en était convaincue depuis le soir où il lui avait confié la misère de ses débuts, ses chaussures crottées lors de son arrivée à Paris, sa hantise d'y voir refléter son absolue pauvreté et le vœu qu'il forma alors de ne jamais plus se laisser prendre en défaut par ses pieds ; elles l'eussent trahi, comme elles trahissaient déjà les autres invités, les trop neuves et les trop abîmées, les tape-à-l'œil et les démodées, les à-côté-de-la-plaque et les classiques, les toujours anglaises et les tellement italiennes.

Christina aurait pu ranger toute l'humanité dans ces catégories, à condition de ne jamais oublier que ce n'était pas tant le soulier en soi qui portait jugement sur son propriétaire, que son état.

Sonia achevait un dernier tour afin de s'assurer que nul ne manquait de rien quand Madamedu lui glissa :

« Dites à Othman que nous n'allons pas tarder à passer à table. »

L'instant d'après, le cuisinier en était avisé. Depuis cinq ans qu'il était au service des du Vivier, cet Oranais partageait également les jours et les nuits de Sonia de façon officielle. Fin et racé, des yeux noirs sous des sourcils charbonneux, le tout haut perché, il passait pour ombrageux, plus taciturne que discret ; à trente-cinq ans, il avait fait le choix de quitter le restaurant où Sophie et son mari avaient établi l'une de leurs cantines, pour les suivre rue Las Cases. Il n'avait pas eu à le regretter, car le traitement était correct, stable autant que peut l'être une grande maison bourgeoise et, pour intense qu'elle fût, la situation mondaine des maîtres ne supposait pas des cadences infernales. Son problème, c'était Sonia. Sa liberté d'esprit. Ses velléités d'indépendance. Toute sa personnalité, au-delà de son physique, attirait souvent le regard des invités. Trop souvent à son goût. Ils n'étaient pas mariés, mais c'était pis encore.

La jalousie ne se commande pas ; Othman, comme tant d'autres, s'illusionnait sur sa propre modernité parce qu'il vivait avec une compagne, sans contrat d'aucune sorte ; ses réactions n'en étaient pas moins, le plus souvent, marquées de l'empreinte de la tradition. « C'est culturel ! » disait-il pour justifier ses regards noirs et ses scènes, comme si d'un mot, d'un seul, il pouvait prétendre régler le problème.

En temps de paix, Othman et Sonia veillaient à l'ensemble de la maison, se répartissant les tâches en fonction de critères et d'humeurs dont eux seuls savaient les dessous, l'important étant que tout fût fait en temps et en heure. Mais en temps de guerre, entendez : pour ses dîners, Sophie du Vivier avait parfaitement délimité le territoire du couple à son service. À lui, la cuisine ; à elle, le reste.

Madamedu les avait engagés du jour où elle avait évalué les avantages de la sédentarité et les inconvénients du nomadisme. Son cercle d'amis et de relations se disputait les mêmes extra dès que l'un les révélait. Or elle avait découvert que les cuisiniers étaient cuisinés de maison en maison par leurs employeurs d'un soir qui tâchaient de leur soutirer, sans grande difficulté il faut le reconnaître, des potins sur ce qu'ils avaient glané au cours de leur service. D'autant que les indiscrétions ne concernaient pas que les invités. La vocation du secret de famille n'est-elle pas de rester secret et en famille ?

« Alors, toujours les mêmes ? » demanda Othman à Sonia car il poussait la conscience de sa charge jusqu'à ne jamais risquer un œil en dehors des frontières de son domaine, quand tant d'autres se plaisent à observer le public à travers l'œilleton du grand rideau de velours rouge juste avant le début du spectacle ; de toute façon, il n'aimait pas ces gens, leur manière de parler, leur humour auquel il demeurait foncièrement étranger, leurs références qui lui étaient hermétiques, toutes choses dont Sonia lui rapportait autrefois un écho amusé, et dont elle s'abstenait depuis qu'elle avait remarqué les accès de colère, et même de mépris, que son récit provoquait en lui.

« Ce ne sont jamais vraiment les mêmes, fit-elle avec la tranquille assurance de l'ethnologue retour de brousse après y avoir étudié sa tribu durant quarante-deux mois. Et si certains invités reviennent, il suffit qu'ils soient en présence de nouveaux pour changer. C'est ça, la vie, Othman. Ça bouge, ça évolue, ça s'adapte ! Bon, tu es prêt ? Parce que Madamedu, elle, elle l'est. »

Sophie du Vivier rejoignit discrètement George Banon dans le boudoir, un petit coffret à cigares sous le bras. Il abrégea aussitôt sa conversation ; d'un sourire gêné, il contempla la boîte en merisier avec un embarras auquel elle coupa court :

« Oh, il y a pire que la fumée. Chez nous, ce n'est pas elle qui est bannie », lui annonça-t-elle fièrement en ouvrant la boîte dans laquelle il découvrit, médusé puis amusé, une dizaine de téléphones portables dans des étuis de feutrine verte sagement rangés tels des soldats au garde-à-vous, une étiquette manuscrite indiquant le nom et le prénom de chacun des invités. « Rappelez-vous, Monsieur Banon... ou plutôt George, si vous permettez... "Ni armes ni stylo !" Alors déposez les armes si vous voulez être égal aux autres dans mon *saloon*. J'ai instauré cette loi pour éviter aux hommes l'occasion de se montrer goujats, et aux femmes la tentation de le devenir. » Et comme il hésitait à se séparer de son poumon artificiel, elle l'encouragea : « Voyez-vous, un soir, ici même à dîner, l'un de nos amis, du temps qu'il était Premier ministre en exercice, s'était plié de lui-même à ce principe élémentaire de savoir-vivre, avec une élégance naturelle, et ce n'est que le lendemain, dans la presse, que l'on découvrit une série de mesures ouvrant une grave crise politique qui fit vaciller son gouvernement... »

Il ne lui en fallut pas davantage pour consentir, d'autant que tout avait été annoncé sur le ton si engageant de la confidence, dans des lieux qui s'y prêtaient, et que l'injonction avait été enveloppée dans une danse des sept voiles ; l'exemple cité par son hôtesse ne l'impressionnait pas ; mais il se disait qu'après tout, si des banquiers et des financiers étaient capables de rester quelques heures dans l'ignorance de l'ouverture de la Bourse à Tokyo, il n'en souffrirait pas non plus ; à peine avait-il rangé l'objet du démon dans la boîte qu'il souleva le couvercle pour l'éteindre, sait-on jamais. Mais aurait-il refusé d'abandonner son téléphone l'espace d'une soirée qu'elle n'aurait rien osé lui dire ; son mari n'aurait pas compris qu'il en soit autrement.

Pas ce soir-là avec cet invité-là.

Plutôt que de confier à l'un ou l'autre de ses domestiques le soin d'annoncer rituellement un « Madame est servie » que nul n'aurait perçu tant il aurait été discret, voire étouffé, elle avait coutume de se dresser face à ses invités, une main délicatement posée en équerre sur la hanche, et de lancer à la cantonade, non sans fierté, un vibrant « Je suis servie ! » qui se voulait aussi majestueux que le *We are not amused* de la reine Victoria.

Alors que les invités se levaient pour se diriger vers la salle à manger, Hubert d'A. s'arracha à sa conversation, prit doucement Sophie du Vivier par le bras et lui glissa à l'oreille d'un ton légèrement inquiet :

« Françoise n'est pas là ?

— Quelle Françoise ?

— Comment ça "quelle Françoise" ? »

Ils se regardèrent un moment, soudainement pris de mutisme, avant qu'Hubert d'A. ne posât sa main sur la bouche en haussant les sourcils à se les décrocher :

« Mon Dieu ! Est-ce possible ! À quel étage sommes-nous ?

— Au cinquième, évidemment, quelle question ! Mais... ne me dis pas que tu étais invité chez les Lang-Villiers au deuxième ? »

Il opina du chef sans dire un mot avant que l'un et l'autre n'éclatent de rire.

« Je suis confus, ma chère Sophie. Tu as bien vu, Stan m'a entraîné dans l'immeuble, nous étions tout à notre conversation, et je n'ai pas fait attention... Oh...

— Mais non, mais non, pas de cela entre nous. Allez, file, car pour le coup, tu es en retard chez eux... Appelle-moi demain, tu me raconteras ! »

Comment aurait-il pu renoncer à dîner chez les Lang-Villiers quand la Cour et la Ville s'y pressaient ? Elle ne le raccompagna même pas, plus préoccupée de héler Sonia au passage :

« Retirez vite un couvert ! Je le savais ! Je le savais ! Je sais tout de même qui j'invite chez moi ! Bon, on se calme. »

Elle fonça droit vers son mari et l'arracha à son commentaire d'un petit tableau de Bacon, à ce que la violence de son érotisme devait à la poésie de T.S. Eliot et aux tragédies d'Eschyle (mais où avait-il été chercher ça ?), des analogies qui semblaient passionner tant George Banon que Joséphine qui ne le lâchait pas d'un pouce :

« Retiens-les tous ! lui glissa-t-elle à l'oreille en serrant les dents. Débrouille-toi, raconte le pedigree de tous les tableaux, de chaque objet, du chat, ce que tu veux. Hubert vient de partir, il s'était trompé de soir, non : de soirée, de-soi-rée ! enfin : d'appartement, je t'expliquerai, en attendant j'ai besoin de quelques minutes pour refaire mon plan de table. »

Alors qu'elle tentait de s'enfuir pour devancer les invités éparpillés dans le *no man's land* de la pièce séparant le salon de la salle à manger, où de grandes signatures de l'art contemporain tenaient lieu de galerie d'ancêtres, elle fut rattrapée *in extremis* par Joséphine qui la retint par l'épaule :

« Tu m'as promis, n'oublie pas ! murmura-t-elle, les traits du visage tendus. Tu me places à côté de lui. À gauche ou à droite de Banon, ça m'est égal, mais à côté ! »

Sophie du Vivier se contenta de joindre ses deux mains en prière et de secouer la tête de haut en bas, avant d'entraîner Dandieu près du téléphone :

« Me pardonnerez-vous, cher Dandieu, si ce soir vous n'êtes pas à la droite, ni même à la gauche, de la maîtresse de maison ? Je sais parfaitement la haute place que le protocole réserve aux membres de l'Académie française dont vous êtes l'une des plus éminentes figures, n'est-ce pas, mais la susceptibilité bien connue de Notre Excellence-qui-vous-savez me fut un véritable casse-tête et, bref, dites-moi que vous ne m'en voulez pas et que vous compatissez...

— En vérité, je vous le dis ! fit-il tout sourire en lui tapotant le revers de la main. Mon privilège eût été un bonheur, mais si vous saviez combien trop souvent il tourne à l'ennui, voire au cauchemar, alors parlez-moi d'honneurs ! Quand l'hôtesse est une conne, c'est plutôt l'horreur, oui ! »

Rassurée, Sophie courut s'enfermer dans la salle

à manger. Sonia l'y attendait; elle avait déjà ramassé le présentoir du plan de table en velours vert, retiré chacun des minces bristols portant les noms des invités et présenté le tout à Madamedu pour lui faire gagner du temps.

Très concentrée, celle-ci se prit la tête entre les mains, ferma les yeux durant une ou deux minutes tel un physicien irradié par l'intuition d'une nouvelle théorie de la relativité, puis rebattit les cartes de son dîner avant d'adresser un léger signe de tête à Sonia qui ouvrit grandes les portes.

Sophie était enfin de plain-pied dans son théâtre. Elle ne se sentait jamais autant du Vivier que dans ces moments-là. À croire qu'elle n'avait épousé Thibault qu'à seule fin de recevoir à dîner. En une vingtaine d'années, elle y avait acquis davantage que de l'expérience, du métier. Rien ne devant lui échapper, il était donc écrit que rien ne lui échapperait. Sous ses doigts experts, le grand art devenait une petite science.

On lui aurait prédit un succès à la baronne Staffe dans la gestion du savoir-vivre si celle-ci, qui n'était pas plus baronne que Staffe, n'était née Blanche Soyer du côté de Savigny-sur-Orge. Un galeriste de la rue des Beaux-Arts l'avait même convaincue de monter une exposition de ses plans de table dûment marouflés et encadrés, accrochage dans lequel il voyait déjà un geste artistique sans équivalent dans la société du spectacle; que nul n'y eût songé avant lui était de nature à le stimuler quand cela aurait pu le dissuader; la chronique parisienne en aurait fait ses choux gras, ceux qui en sont et ceux qui n'en sont pas, mais Thibault avait su tempérer leurs ardeurs, moins pour leur éviter le ridicule que par crainte d'y voir mêler son nom.

Les cartons de chacun des invités disposés sous ses yeux, telles des pièces sur une carte d'état-major, elle manœuvrait ses troupes. « George, à côté de moi... Marie-Do, là-bas... Stan, c'est cela, tu as deviné, comme d'habitude... Alexandre, à ma droite, évidemment, comment en doutais-tu... Maître, ici... Erwan, là et Sybil, non, là-bas... »

Chacun se trouvait debout devant sa chaise. D'un gracieux signe de main, Sophie invita les dames à s'asseoir, mais les messieurs hésitaient à les suivre, embarrassés par leurs mains posées sur les dossiers des chaises. Madamedu, qui s'était également assise, se releva, consciente d'un léger problème. Les regards étaient tournés vers Christina Le Châtelard dite « la Présence », plus fantomatique que jamais.

Elle restait debout, mais bien en retrait derrière sa chaise, en une attitude figée, les bras ballants, insouciante de la gêne qu'elle provoquait. Elle si lumineuse semblait soudainement éteinte, comme cette sombre clarté que les manuels disent exemplaire d'une certaine figure de style. Christina, mannequin de l'oxymore. Son évanescence faisait peur à voir tant elle paraissait hantée. Sophie lança un bref regard en direction de son mari ; pour une fois, l'avocat restait coi, se grattant le lobe de l'oreille et inspectant son assiette avec un intérêt renouvelé, comme si vue de haut la perspective était imprenable.

« Christina, restez avec nous ! » lui dit-elle d'un ton faussement enjoué.

Les murmures se turent. Chacun attendait une réponse qui ne venait pas. Douze paires d'yeux la trouaient. Le silence se fit pesant, car ces secondes-là durent des heures. S'apprêtait-elle à faire tourner la table ? Ou quelque chose du genre ?

« Ce ne sera pas possible », lâcha-t-elle enfin en reculant encore d'un pas.

Soudain, sa voix de protection contredisait son corps, l'une aussi sèche que l'autre était doux. Il y avait quelque chose de l'ordre du dégoût dans son attitude, mais un dégoût dont l'angoisse devait être la clé, sans quoi elle n'aurait pas été aussi effrayante. Les invités se regardaient, les uns dubitatifs, les autres interloqués.

« Comment ça ? Vous ne voulez pas dîner avec nous ? tenta Sophie.

— Ce ne sera pas possible. Vous l'avez fait exprès ?

— Pardon ?

— Comptez vous-même... Dans ces conditions, je ne pourrai pas rester. »

Et comme l'avocat se décidait enfin à réagir, non en intervenant par le verbe mais en opérant un mouvement en direction de sa femme, elle ajouta froidement, le regard perdu dans de lointains horizons inaccessibles au commun : « Ceci n'est pas négociable. » Alors pour la première fois dans ce quartier de Paris où l'on avait survécu à bien des révolutions depuis le passage du service à la française au service à la russe, on assista à ce spectacle inédit où un maître du barreau reste sans défense et sans argument. Au fond, il suffisait de lui couper le son pour voir sa lumière soudain faiblir ; tout le contraire de sa femme dont le mutisme augmentait le mystère. Depuis le temps qu'on le disait brillant, sans que jamais cet adjectif passe-partout ne fût explicité, on sut alors ce qu'il recouvrait dans son cas. Me Le Châtelard était un grand bourgeois français tel que Napoléon les abhorrait : de l'esprit à défaut de caractère.

Chacun vérifia aussitôt, compta et recompta les commensaux à mi-voix. Quelqu'un osa un : « En effet... » que Madamedu jugea du pire effet si l'on en crut le regard mauvais qu'elle lui réserva. Elle était effondrée, mais debout. Comment cela avait-il été possible, chez elle, dans cette maison où tout est toujours prévu et organisé ? Elle qui vérifiait tout à en être maniaque, elle qui comptait les myrtilles de son *muffin* pour s'assurer qu'il y en avait bien dix au minimum lorsqu'elle se trouvait dans un salon de thé, elle n'avait plus pensé à ça, ce principe élémentaire. Sévillano voulut prendre les choses en main :

« Eh bien, chantons des psaumes en traînant la voix sur les premiers versets afin de laisser le retardataire arriver ainsi que le conseille la règle de saint Benoît à l'office de nuit !

— Mais il n'y a pas de retardataire. Je suis confuse, chère Christina, mais voyez-vous, un couple a annulé quasiment à la dernière minute, et puis avec notre ami Hubert d'A. arrivé à l'improviste et finalement reparti, franchement, je n'y étais plus, et voilà ! Bon. Mais que fait-on maintenant ? dit-elle dans un large sourire les bras grands ouverts en direction du ciel nonobstant le plafond et le lustre.

— On en parle, bien sûr ! lança Stanislas Sévillano dans un éclat de rire qui détendit l'atmosphère.

— Mais oui, renchérit Son-Excellence-Alexandre, vous vous souvenez Fouché et Talleyrand dans *Le souper*, cette merveilleuse pièce, l'un voulant boire son cognac, l'autre exigeant de le déconstruire auparavant, cela dure un bon quart d'heure jusqu'à ce que Fouché demande : "Et maintenant, on le boit ?" et l'autre reposant le verre après l'avoir examiné et manipulé dans tous les sens : "Non, maintenant, on en parle." Savoureux. Alors oui, parlons-en !

— Vous comptez vraiment passer un bon quart d'heure sur le 13 ? » s'inquiéta Dandieu.

Les hommes étaient toujours debout, les mains désormais agrippées au dossier de leur chaise, les femmes assises, une faim animale les tenaillant les uns et les autres. Comme s'il ne voyait pas d'autre moyen de se porter au secours de sa femme, Adrien Le Châtelard tenta de justifier sa réaction, manière également de montrer qu'il avait recouvré l'usage de la parole.

« Tout cela nous vient du repas de la Cène, Jésus et ses douze apôtres... le Christ est mort vingt-quatre heures après. Alors, qui est Judas, c'est toujours la question qu'on se pose, n'est-ce pas, voilà pourquoi... »

Difficile de convaincre quand on ne l'est pas soi-même, du moins lorsqu'il n'y a pas d'honoraires en jeu. Peut-être essayait-il de ramener l'affaire sur le terrain de la foi, mais sa femme ne s'étant jamais distinguée par une pratique ou un intérêt marqué pour ces choses-là, cela ne prit pas. Chacun s'en mêla. Ce fut alors un brouhaha de lieux communs dans lequel la pensée magique se taillait la meilleure part :

« Les réunions de sorcières comptaient treize personnes... Et puis c'est un nombre indivisible, mauvais, ça... Au moins notre table est-elle arrondie, nul n'est le plus près de la porte... Savez-vous que certaines rues de Paris ont un 12 bis au lieu d'un 13, un peu comme ces hôtels où il n'y a ni chambre 13 ni treizième étage, c'est surréaliste... »

Un festival de poncifs qui eut le don d'agacer prodigieusement Dandieu, d'autant que le Christ n'était pas son philosophe préféré ; il se disait laïc absolu, voire même intégriste de la laïcité, mettait dans le même bain religion et superstition, et n'hésitait pas à jeter le bébé avec l'eau du bain, non sans l'y avoir noyé auparavant. La soudaine perspective de dîner avec Jésus, ses apôtres et leurs descendants directs l'accablait.

« *13 à table*, je l'ai vu et franchement, c'est du boulevard très daté », se souvint-il.

La gêne commençait à gagner certains invités. Sévillano eut l'impression que des regards pesaient sur lui, à moins qu'il n'ait exagérément ressenti la culpabilité du célibataire. On n'entrevoyait pas l'issue, d'autant que Christina demeurait stoïque et muette. Il fallait en sortir. La maîtresse de maison songea à appeler l'un de ses enfants mais ils étaient tous sortis ; elle qui n'invitait jamais quatorze personnes, de peur d'avoir à affronter une défection de dernière minute, se retrouvait prise au piège ; responsable, mais pas coupable. Ce qui ne l'empêcha pas de témoigner dans l'instant d'un réel esprit de sacrifice :

« Eh bien, je dînerai à la cuisine !

— Allons, allons ! lui lança la table.

— Soit. Et si je reculais ma chaise de quelques mètres, mon assiette sur les genoux, cela conviendrait-il ?

— Vous plaisantez ! » reçut-elle en écho.

Sévillano leva la main :

« Auriez-vous un *Savoy black cat* ?

— Un quoi ?

— Au Savoy à Londres, lorsque le problème se pose, le maître d'hôtel sort du placard un chat noir statufié en porcelaine et le met à table.

— Comme c'est amusant !

— Nous n'avons rien de tel en magasin, cher Stan, une vieille poupée dans ses dentelles, là-haut, peut-être, mais non, ce serait trop ridicule. »

Cette fois, ce fut au tour de l'académicien de lever la main :

« J'ai une proposition à faire. Je crois me souvenir qu'une fois, Victor Hugo avait retardé un dîner où la question se posait. Il était revenu dix minutes plus tard avec un quatorzième déniché je ne sais où. Si j'ai bien compris, notre Hubert se trouve quelques étages au-dessous. Et si j'allais le chercher ?

— Mais vous n'y pensez pas ! dit Thibault qui s'en mêlait enfin. À cette heure-ci, ils sont déjà à table, eux. »

Devant l'insistance avec laquelle il avait prononcé ce dernier mot, calculant l'effet avec un sens assassin de la chute, les regards ne pouvaient que se tourner à nouveau vers Christina. La Présence n'avait jamais eu l'air aussi absente. À croire qu'elle ne se sentait guère concernée, à l'égal de ces gens qui provoquent des catastrophes et s'en débarrassent sur les victimes avec une nonchalance stupéfiante.

« Dans ce cas, il ne me reste plus qu'à rentrer chez moi. Résolution du problème par la suppression du problème. Adrien, la clé de la voiture. Tu trouveras bien quelqu'un pour te raccompagner. Désolée d'avoir troublé la soirée. »

Et comme elle s'apprêtait effectivement à se retirer, l'assemblée fut prise d'un même mouvement pour la retenir. Encore lui eût-il fallu faire l'effort de se déplacer jusqu'à elle pour l'empêcher de partir. Ce qu'un seul invité fit vraiment. Le seul dont on n'avait pas entendu le son de la voix depuis une dizaine de minutes que durait cette histoire. Avait-il pressenti que la situation menaçait de dégénérer ? Toujours est-il que George Banon, le seul étranger du dîner, étranger au pays aussi bien qu'au cénacle, jugea opportun de s'en mêler lui aussi en se portant vers elle :

« Chère Madame, il n'en est pas question. »

Il saisit sa chaise et l'invita à s'y asseoir avec une si souveraine et virile autorité qu'elle ne put faire autrement que d'obtempérer. Puis il se tourna vers leur hôtesse :

« M'autorisez-vous à prendre une initiative ?

— Mais, je vous en prie... », fit-elle, assez inquiète.

Il se dirigea alors vers Sonia, hiératique depuis le début, en retrait devant la porte donnant sur la cuisine.

« Mademoiselle, voulez-vous bien venir jusqu'à nous ? »

D'instinct, la domestique regarda derrière son épaule, comme s'il était inimaginable qu'un invité s'adressât ainsi à elle en cet instant, en de tels lieux. Puis elle se pointa du doigt, articulant un incrédule et inaudible : « Moi ? » avant de rejoindre timidement la table.

Sonia avait bien remarqué depuis le début de la soirée qu'elle ne laissait pas cet homme indifférent. Elle l'avait noté à sa manière de la regarder dans le salon. Rien d'un fantasme ancillaire. Tout le contraire de ces Italiens qui matent les femmes avec des regards de marchands d'esclaves. Quelque chose de doux et de caressant. Sur le moment, elle en avait ressenti l'étrange sensualité mais l'avait aussitôt chassée de son esprit. Dès l'instant où cet homme l'avait appelée, tout le monde s'était mis à l'observer, elle.

« Voulez-vous bien retirer votre tablier ? Oui, ce

tablier blanc joliment brodé, vous pouvez l'enlever, n'est-ce pas ? »

Gênée, Sonia interrogea sa patronne du regard, laquelle ne put lui renvoyer que l'expression de son propre anéantissement. Il n'avait tout de même pas l'intention de faire dîner la bonne avec eux ?

En fait, si.

Par goût ou par nécessité, cela pouvait se discuter. Mais Banon paraissait bien décidé. D'ailleurs, il n'avait disparu que pour réapparaître avec une chaise empruntée au salon. Sophie du Vivier en perdit la voix. Lorsqu'elle la retrouva, son mari, assis de l'autre côté de la table, la dissuada, d'un regard appuyé, d'en user à nouveau. Ce qu'elle y lisait était d'une parfaite clarté : on ne contredit pas George Banon, pas ce soir, pas ici. Ce que Marie-Do, qui ne perdait pas une miette de cet échange, traduisit aussitôt pour elle-même : le client est roi. Non seulement il paie, mais il s'explique :

« Ainsi vous êtes maintenant en tenue de soirée, comme nous tous. »

Sophie avait bien ses défauts, mais son pragmatisme et sa capacité d'adaptation étaient vraiment incomparables. Elle fit lever les dames et, une fois que tout son monde bavardait debout, réclama un peu de patience. Sonia disposa un couvert supplémentaire et repoussa les autres au mépris de tout savant millimétrage, mais veillant tout de même à ce que leur partie bombée soit placée au-dessus afin de laisser la gravure du monogramme apparente comme il sied en France.

Dans le même temps, Madamedu se précipita à

la cuisine, révéla à Othman que le moment était grave, lui résuma la situation, lui demanda de trouver la veste blanche des extra dans le placard de service et lui annonça qu'il devrait exceptionnellement se faire violence et servir à table. Puis, sans même attendre sa réponse, elle retourna à la salle à manger et redistribua certaines places, du moins celles qu'on pouvait encore modifier. Ce que Banon anticipa :

« Mademoiselle, asseyez-vous là, cela simplifiera les choses. »

Joséphine paraissait abasourdie. N'était-ce pas sa place ? Celle qu'elle avait non seulement réservée mais occupée un certain moment ? Et elle devrait la céder ? À la bonne en plus ? Elle s'approcha de Sophie pour lui pincer discrètement le bras en serrant les dents à se les limer, mais n'obtint d'autre réaction qu'un haussement d'épaules désolé. Sévillano, le seul que son détachement en toutes choses rendait déconcertant, se délectait de ce manège ; il traduisit par-devers lui : « Cette soirée part en couilles, j'adore ! »

Débarrassée de son tablier, la domestique redevenait elle-même. Quasiment une femme comme une autre. Affranchie par un seigneur et maître et par la force des choses. Il est vrai qu'elle avait des atouts et savait en jouer. Avec une indéniable aisance, comme si le naturel l'avait déjà rattrapée, elle s'excusa avant de s'éclipser un instant du côté des toilettes afin de mettre un peu de rouge sur ses lèvres, un peu de poudre sur ses joues, un peu d'ordre dans ses cheveux, l'important étant que ce fût de tout un peu. Lorsqu'elle revint, ils passèrent enfin à table.

« Combien sommes-nous, finalement ? demanda une voix.

— Quatorze, selon les organisateurs, treize, selon la police », répondit une autre.

Alors Christina se pencha vers son voisin :

« On dit aussi que le dernier à s'asseoir aura l'occasion de le regretter amèrement si ce n'est tragiquement... »

Heureusement, nul ne l'entendit.

La tension du début était retombée. Au fond, l'incident avait réchauffé l'atmosphère de la manière la plus inattendue. Bien sûr, il fallait supporter l'incongruité de la présence de la domestique au sein d'une pareille assemblée, mais Sonia saurait se tenir ; humble comme la colombe et prudente comme le serpent, elle avait immédiatement intégré son rôle de *sleeping partner* (associé qui paie pour jouir du droit de se taire quand tout le monde parle d'où l'on déduit qu'il doit dormir), d'ailleurs, elle ne parlait presque pas, et se contentait de prêter poliment attention aux causeries des autres.

Tout en ignorant les qualités qui rendaient justement Sonia des plus aimables, Madamedu ressentait une secrète et étrange fierté devant le maintien de sa domestique à cette table. Parfaitement droite et si mesurée. Elle n'imaginait pas d'avoir à en rougir ; au fond, toute patronne qu'elle fût vis-à-vis d'elle, Sophie éprouvait un sentiment semblable à celui qui l'envahissait lorsqu'on louait le comportement de l'un de ses enfants. Sonia n'aurait jamais lancé : « Bon appétit ! » sitôt attaqué les langoustines au gingembre, quand ce trait si ordinaire et si contraire au savoir-vivre revenait parfois au galop chez des commerçants enrichis et encore mal dégrossis. Sonia, *sa* Sonia, ne parlait pas la bouche pleine ; elle ne s'était pas précipitée sur son petit pain rond.

Tout le contraire de Joséphine, éduquée et instruite dans les meilleurs pensionnats, mais qui ne pouvait s'empêcher d'exprimer son arrivisme jusque dans ses manières de table : non seulement elle tenait en permanence son doigt appuyé sur le dos de la fourchette, l'ongle flirtant ainsi avec la nourriture, mais elle sauçait directement dans l'assiette avec un morceau de mie et parfois même, de ses seuls doigts qu'elle suçait ensuite avidement sans s'inquiéter un seul instant de l'effet produit ; elle était intimement persuadée que c'était du plus grand chic et que seule la bourgeoisie pouvait s'offusquer du privilège aristocratique de déplaire et de cette absolue liberté que lui accordait sa naissance ; rien ne l'enchantait comme de choquer le bourgeois ; elle pouvait tout se permettre ; pis encore, n'ayant toujours pas admis que la bouche ne va pas à la nourriture mais que l'inverse est recommandé, elle persistait à se recroqueviller vers son assiette à chaque bouchée, plutôt que d'élever la fourchette à ses lèvres. Sophie lui en avait maintes fois fait la remarque, mais sans succès. Un jour viendrait où Joséphine laperait l'assiette, elle en était convaincue et formait des vœux pour que le retour à l'âge de pierre se produisît ailleurs. Au fond, de sa naissance, elle n'avait plus gardé que des manières, mais pas d'éducation.

Les conversations se multipliaient à l'écart sans que nul ne quittât la table, chacune ignorant celle à laquelle elle se superposait, de sorte qu'un brouhaha formait la rumeur. Ce bruit de fond était la hantise de la maîtresse de maison. Difficile à endiguer, car ses filets de paroles se manifestaient de tous côtés, à croire que le fleuve était sorti de son lit, et menaçait de noyer la conversation générale. Mais elle savait qu'on y reviendrait tôt ou tard car elle seule permet de briller.

Lorsque Madamedu tendait l'oreille, elle ne parvenait même plus à identifier les interlocuteurs. Que des bribes, des noms, des sujets. Ici, on expliquait pourquoi tant de rues de Paris étaient en travaux sans nécessité aucune, pour la surfacturation mon cher, uniquement, puis l'argent part financer les partis politiques, et maintenant que leur financement est transparent, cela n'en a pas faibli pour autant et ça part où, je vous le demande... Là, une habituée de sa ligne d'autobus se plaignait que les domestiques philippins qui l'empruntaient régulièrement n'y trouvent rien de mieux à faire que d'y toiletter leurs doigts et de projeter ainsi leurs épluchures sur sa jupe, sinon sur son visage, à l'aide d'un de ces maudits coupe-ongles dont le bruit même l'exaspérait. Plus loin, on se désolait déjà de la rentrée annoncée, beaucoup d'arrivisme, peu d'arrivage, c'est bien la peine... Ôtez-moi d'un doute, on dit que, rive gauche, le poisson n'est cuit que d'un côté...

Madamedu s'inquiétait autant de la cuisine que de la conversation. L'une ne va pas sans l'autre. C'était son rôle, sa mission, sa vocation. Encore que leur réussite n'obéît pas aux mêmes mécanismes. La cuisine se rapprochait davantage d'une science exacte, alors que le babil demeurait une énigme. Il s'en fallait de rien ou de si peu pour qu'un dîner entre amis demeure dans leur souvenir comme une pesante épreuve avec laquelle on a hâte d'en finir, ou, au contraire, comme une soirée qu'on eût voulue interminable tant elle était touchée par la grâce, mais une grâce si pure et si légère que l'on voudrait ne l'offusquer d'aucune explication.

À quoi cela tenait ?

On ne sait pas, on ne saura jamais de quelle nature est cette molécule mystérieuse qui fait toute la différence entre une fête inoubliable volée à la marche du temps et un repas de néant, et c'est mieux ainsi. On sait juste que ces choses-là ne se préméditent pas ; les dîners se préparent, s'arrangent méthodiquement, mais l'imprévu ne se fabrique pas.

Sophie du Vivier n'était pas seulement instruite par sa propre expérience mais par celles de ses parents, ceux-ci l'ayant très tôt considérée comme une jeune adulte et conviée à leur table de réception. Elle avait vu faire sa mère, et son père parfois tout défaire ; car il avait le génie de balayer d'un mot de trop ou d'une gaucherie bien dans sa manière les trésors de finesse et de subtilité qu'elle pouvait déployer.

Cela se passait pourtant dans les mêmes lieux, non dans la même maison mais dans le même quartier, des rues sur lesquelles veillait personnellement sainte Clotilde, un monde qui paraissait si protégé par l'épaisseur des lourdes tentures aux fenêtres davantage encore que par l'argent, qu'il donnait l'impression à celui qui l'observait du dehors comme du dedans que rien ne pourrait jamais arriver, rien de grave. Il faisait bon y vivre et y mourir; si Banon avait voulu les connaître mieux, il eût fallu le convier également à une messe de funérailles à la basilique; il eût alors observé les codes, rites et rituels d'une tribu attachée à maintenir ses traditions, et qui valent bien ceux des Dogons du Mali. On ne saura jamais si c'est une limite ou une chance de naître et de disparaître dans la même rue.

Tout cela ressortait à la faveur des bavardages qui formaient maintenant une agréable petite musique de nuit, à condition qu'ils ne s'éternisent pas. Sophie n'en était qu'à son deuxième verre de château-giscours qui ne serait pas le second, savoureuse cuvée 1970 que Thibault avait pu se procurer lors d'une vente aux enchères organisée à son cercle par un ami collectionneur; mais elle flottait déjà un peu, sentiment doux et agréable des plus propices à l'écoute flottante, justement. Dans ces moments-là, Sophie avait la faculté de s'extraire mentalement de sa chaise et de se projeter tout en haut à l'entrée de la salle à manger, de sorte qu'elle pouvait assister avec un regard panoramique à la pièce qui se jouait chez elle.

Sophie caressait l'un des angelots en porcelaine qu'elle disposait toujours autour du surtout garni de fleurs coupées au centre de la table. À ce seul toucher de sèvres, elle se trouvait transportée dans l'enfance de son enfance, aux rituels dîners du dimanche soir, que ses parents avaient organisés durant des décennies, ouvrant leur table à leurs amis du meilleur monde, du moins en étaient-ils persuadés sans imaginer un seul instant le mépris que l'expression supposait pour ceux qui n'en étaient pas ; il est vrai qu'on y trouvait souvent des gens de qualité, de grands esprits, même si certains mécènes étaient plutôt amis des arts et lettres de château ; mais Sophie en sut toujours gré à ses parents, tant elle avait acquis à leurs dimanches une culture et un savoir qu'aucune école, aucune université n'aurait jamais pu lui dispenser.

« Écoute et tu apprendras », lui répétait son père entre deux coulées de piano, de sa voix chaude et rocailleuse entretenue par ses cigares, sa vie et sa mort à la fois. L'éducation par l'imprégnation, elle en était au fond le pur produit, Sciences-Po y ayant rajouté de la structure dans la pensée, du fond dans le propos et du réseau dans le carnet d'adresses. Le phénomène devait avoir quelque chose de chromosomique, car sa mère avait déjà appris ainsi le meilleur de ce qu'elle savait, de sorte qu'une certaine disposition familiale le favorisait désormais.

La nostalgie vient toujours nous surprendre lorsqu'on s'y attend le moins. À cet instant précis, cette bouffée de réminiscence l'attendrissait sur elle-même; elle l'affaiblissait, car elle l'éloignait du dîner pour la transporter dans un monde ouaté, le monde d'avant où tout était toujours mieux, le temps où l'on était irresponsable et pris en charge. De cette époque bénie où ses parents étaient encore vivants, elle avait conservé l'image lumineuse mais écrasante d'un couple modèle; rien ni personne n'avait pu la recouvrir du voile de l'oubli; depuis, lorsqu'elle repérait un couple manifestement heureux, sur la terrasse ensoleillée d'un *Sporting* à la montagne ou dans un restaurant des bords de mer à l'heure du café, elle s'installait discrètement à ses côtés et fermait les yeux, pour profiter de ses ondes de bonheur. Clandestinement, elle se royaumait en eux comme autrefois en ses parents.

Cette France d'avant était devenue la France qui s'éloigne.

Elle s'en aperçut le jour où elle comprit que la mort d'une mère est le premier chagrin que l'on doit vivre sans son secours. Alors, elle se sut adulte. Être quitté par l'être cher et mourir à soi-même, c'était donc ça? Mieux encore que dans ses portraits, elle retrouvait sa mère dans ses lettres. *Escuchamos los muertos con los ojos*. Le vers de Quevedo résonnait souvent en elle dans ces moments-là, lorsqu'elle aussi écoutait les morts avec les yeux. En les lisant dans leurs propres mots plutôt qu'en les dévisageant dans la trace photographique de leurs traits. Elle en était là de sa douce divagation, manipulant l'angelot qui eût pu en frétiller, lorsqu'une voix intérieure, celle de sa mère, lui rappela qu'un dîner de petites conversations privées est une soirée vaine et vide. Il n'en reste rien. Un non-lieu. Il lui fallait d'abord interrompre la sienne, celle qu'elle entretenait secrètement avec son propre passé depuis un long moment, avant de songer à bousculer les isolés pour les ramener à la conversation commune sans pour autant entrer dans le gras des idées.

Ni affaires ni politique, c'était une règle. De toute façon, les affaires s'insinueraient certainement à l'heure du café dans les tête-à-tête plus discrets; quant à la politique, à la manière dont certains prononçaient « Mitt'rand », on comprenait vite que ce roi n'avait pas été leur cousin. L'indice les situait, comme il distinguait dans un autre registre ceux qui ellipsaient « Cas'lane » et « Tall'rand ».

Ces apartés cessaient parfois naturellement, soit que les causeurs se trouvent à court d'arguments, soit qu'ils eussent la bouche pleine.

On captait alors des morceaux d'échanges qui rendaient un son curieux; d'autant qu'on en ignorait l'avant-propos :

« ... c'est comme dans la Russie de *La Cerisaie* où les gens se parlaient entre eux en français et ne s'adressaient en russe qu'à leurs domestiques.

— C'est ce qui nous guette : parler français dans un petit cercle avec le bonheur de cultiver un privilège, et nous adresser en arabe à nos esclaves...

— Ou à nos maîtres, qui sait ? »

De l'autre côté de la table, il était question des vices et vertus des pensionnats, fabrique d'homosexuels en Angleterre et de misanthropes en France :

« ... fréquenter des individus qu'on n'a pas choisis, ça peut provoquer un sentiment de fuite devant la vie en communauté. Alors un dîner de gens choisis, ça va encore. Mais pas davantage. Au-delà, c'est déjà trop de promiscuité... »

Plus loin encore, on devisait sur les aléas de la renommée que tant de gens confondent avec la popularité :

« Désormais, tout le monde est connu. Le "quart d'heure de célébrité" s'éternise dangereusement. C'est inquiétant comme il dure. Les médias y ont leur part de responsabilité. Aussi, c'est un grand privilège que d'être ignoré. Aux yeux du monde, que je laisse indifférent, je n'existe pas et j'ai bien l'intention de continuer ! Quant aux autres, je les plains. Comment ne pas craindre l'ombre quand on a tant aimé la lumière ! »

Certains se piquaient déjà de littérature, mais ce n'était qu'un prétexte :

« J'ai lu dans une nouvelle américaine que l'on reconnaît une femme mariée à ses diamants et à ses maux de tête.

— En Amérique, sûrement. »

Sonia observait attentivement les autres convives, mais elle restait en retrait. Elle répondait par des sourires, accompagnés parfois d'un signe d'acquiescement. Son mutisme poli lui éviterait le faux pas. Comme George Banon avait été provisoirement abandonné par la maîtresse de maison, elle écouta de bonne grâce le récit de ses nombreux voyages, n'imaginant pas un seul instant qu'il était de ceux qui ne se déplacent pas dans l'avion des autres ; elle alla même jusqu'à compatir, ce qui lui fit prendre la vraie mesure d'un mode de vie insoupçonnable :

« Vous n'en avez pas assez, parfois, des valises et des hôtels ?

— Ni l'un ni l'autre. Nous ne voyageons que dans nos propriétés. »

Et soudain une conversation réussit à l'emporter sur toutes les autres ; elle portait sur la révolution numérique. Comme de juste, seul un nouveau converti pouvait l'exalter avec une telle ardeur. C'était l'académicien. Il ne jurait plus que par « le numérique », mot magique. Sa solitude sous la coupole le stimulait.

« Dans ce pays, les gens sont encore tétanisés par tout ce qui va advenir. D'accord pour envoyer des courriels et réserver des places de train, mais au-delà, c'est l'horreur. C'est pourtant cet au-delà qui est le plus fascinant. Nous sommes face à ce proche avenir technologique comme René Char lorsqu'il disait, en substance, que nous avançons dans l'inconnu mais avec des repères éblouissants. Pensez donc, c'est plus révolutionnaire que Gutenberg, car avec lui, on est passés des rouleaux de papyrus, du codex et des manuscrits des moines copistes à l'imprimerie ; on a donc glissé du papier au papier ; alors que là, on passe du papier à un support immatériel. L'écran ! Ça n'a plus rien à voir. Les liseurs électroniques stockent des centaines de livres, on les lit comme de vrais livres, on tourne les pages. Que faites-vous aujourd'hui quand les caractères de vos livres sont trop petits, les pages mal éclairées et que vous êtes obligés de retirer les pouces pour lire ce qu'il y a en dessous, car l'éditeur a réduit les marges *a minima* pour tasser plus de texte et rogner sur les coûts ? Que faites-vous, Monsieur Banon ? Vous vous abîmez les yeux. Alors qu'avec les nouveaux supports, on peut grossir les caractères, augmenter l'éclairage... C'est... C'est prodigieux. L'écran de l'ordinateur sera le centre de la maison, il commandera tout et, en sortant, il ne nous quittera pas, il nous poursuivra sur l'écran de notre téléphone. La frontière entre le public et le privé sera définitivement abolie... »

Ils le considéraient à l'égal d'un extraterrestre en fin de cure. George Banon surtout. Atterré et longtemps mutique, il finit par lâcher froidement :

« Ce que vous nous racontez, Monsieur, est effrayant. Effrayant, répéta-t-il avec l'air d'un homme effectivement terrorisé à la perspective d'affronter ce qui l'attend. Je ne suis pas sûr d'avoir envie de vivre dans cet avenir-là.

— Les gens qui le rejettent sont généralement sous le coup de la peur et de l'ignorance. N'ayez pas peur ! comme disait l'autre.

— En plus, vous tuez mon métier.

— Que faites-vous au juste ?

— Disons que nous ne sommes pas dans la même branche, vous et moi.

— Qu'importe puisque au fond, nous ne sommes tous que de grands singes : pas de la même branche mais du même arbre...

— Je suis propriétaire des plus grandes imprimeries du Canada. Ne me parlez pas de l'imprimerie numérique, on y est déjà. Mais vous le savez bien, ça ne suffira pas.

— Tout le monde sera son propre imprimeur ! numérique ! et à domicile ! Le monde change, Monsieur Banon, le monde change !

— Et vous, qu'est-ce qui vous ferait changer d'avis ? demanda Banon d'un air de comploteur, comme s'il voulait acheter son silence.

— Ce n'est pas que je sois incorruptible, c'est juste que je suis trop cher pour vous. »

Les du Vivier s'observaient. Toute leur éloquence muette s'était réfugiée dans leurs regards. Lui ne voulait rien qui fâchât ou mît mal à l'aise « son » invité ; elle était ravie que l'on échappât enfin à ces conversations où l'argent hurle autour de la table.

Dandieu mettait un point d'honneur à défendre la langue française. À quoi bon être de l'académie si ce n'est pour ça. Quoique excellent angliciste, et justement parce qu'il l'était, il ne supportait pas que par snobisme l'on truffât le français d'anglicismes abusifs quand le mot existait déjà dans notre langue et qu'il n'avait aucun besoin d'être réanimé. Il exerçait une certaine terreur mais comme elle était douce à l'oreille ! D'ailleurs, ses interventions ne furent plus nécessaires après qu'il eut repris Banon :

« ... et pourquoi ne dirait-on pas "addiction" en français ? l'interrogea celui-ci.

— Parce que, cher Monsieur, cela risque inutilement de n'être pas compris.

— Mais "addiction" est déjà dans Shakespeare !

— Je préfère "dépendance" : c'est déjà dans Racine. »

Soudain, on fut dans le noir. Il ne fut question de rien d'autre. Celui des costumes puis celui des robes. Ce noir qui endeuille les soirées et qui avait poussé Florian, l'un de leurs amis communs, un homme de goût qui s'était fait un univers à la Pierre Loti dans sa maison du fin fond du treizième arrondissement, à décréter que tout individu des deux sexes qui se rendrait vêtu de noir à ses repas serait impitoyablement refoulé ; comme le personnage avait du caractère, ses invités se le tenaient pour dit et débarquaient chez lui été comme hiver dans des couleurs de diapositives. D'ailleurs, n'allaient-ils pas « au Florian » comme si la piazza San Marco se trouvait au bout de la rue de la Glacière ?

À l'évocation de son nom, tous s'examinèrent et conclurent que sur les quatorze présents, deux seulement seraient admis en sa thébaïde, Christina chue d'un tableau et Stanislas Sévillano qui arborait sous son complet sombre et sa cravate noire constellée de minuscules pois blancs une somptueuse chemise rouge vif du meilleur effet ; ce n'était peut-être qu'un détail mais il éclipsait le reste et justifiait sa réputation héritée d'une solide identification à Des Esseintes ; tant pis pour ceux qui n'y voyaient que du snobisme, par ignorance plutôt que par moquerie, puisque le snob vit bêtement le temps présent alors que le dandy se projette dans le passé ou l'avenir, il privilégie l'imaginaire à long terme sur l'utile le plus immédiat ; Sévillano prônait un détachement dont il se faisait une armure contre la vulgarité du monde ; il mélangeait les langues avec naturel, abhorrait l'arrogance des parvenus, cultivait le plaisir aristocratique de déplaire et mettait à distance ceux qui s'évertuaient à être snobs avec une application jusque dans les chuchotis, qui suintaient l'effort et ruinaient leur mise en scène de soi.

Le confort lui faisait horreur, préférant toujours être corseté plutôt qu'à l'aise, car celui-ci menait à la mollesse, puis à l'avachissement, antichambre de la mort lente. Il méprisait la mode et la réinventait en lui tordant le cou pour la mettre à son goût sinon à ses mesures. Les voluptés qu'il en tirait n'avaient rien de spectaculaire et en cela déjà elles le distinguaient de l'esprit de l'époque : nul autre que lui ne jouirait de la sensation tactile de plonger ses mains dans les poches doublées en agneau de son manteau. Il aurait pu peindre ou écrire, il en avait le don ou du moins les prémices, mais ne le ferait pas.

« Désormais le noir est une couleur. De dominatrice, elle est devenue moyenne et neutre. Le chic, ce serait de porter des vêtements en outre-noir inspirés des toiles de Soulages, entendit-on vers la gauche.

— Sonia dit que le noir est une couleur indécente quand on la porte bien. »

Captant son nom au vol, Sonia sortit de ses pensées et réagit avec naturel :

« C'est curieux, je ne m'en souviens pas...

— Mais non, pas vous ! lui balança Marie-Do. Évidemment, pas vous. On parle de *notre* Sonia, la reine du tricot. »

Les éclats de rire que sa méprise suscita chez deux ou trois femmes fut l'une des situations les plus cruelles qu'elle eût jamais vécues, elle, si sensible au principe de délicatesse. Humiliée comme jamais depuis qu'elle était entrée dans un âge où ces déconvenues, lorsqu'elles se produisent en public, font rougir l'âme davantage encore que les joues. Au-delà de l'amour-propre et de l'orgueil, l'âme.

Elle aurait tant voulu s'enfoncer jusqu'à en être absorbée dans la contemplation d'un grand tableau de Rebeyrolle qui l'appelait depuis le début du dîner, se dissimuler sous la nappe, ou mieux s'enfuir, partir très loin, là où le regard de ces hommes et le rire de ces femmes ne pourraient la rattraper. Comment ferait-elle pour oublier ces mots, ce « évidemment, pas vous ! » si cinglant, comme si elle avait eu la moindre prétention de ce côté-là ? La douleur était si soudaine et si forte que cela la fit revenir à ses années d'intense pratique sportive où l'on a parfois tellement mal qu'on n'a plus mal.

Elle aurait voulu répondre mais rien ne sortait. Les mots restaient sur le bout de sa langue.

Banon et Sévillano compatissaient. Impuissants mais complices. Leur regard n'avait pas besoin de phrases. Magie de l'éloquence muette. Le second allégea l'atmosphère en expliquant que lorsqu'un convive commet un impair, il convient de l'imiter afin de le mettre à l'aise. Et de raconter ce déjeuner d'autrefois dans une maison noble où, le curé ayant bu le rince-doigts, chacun en fit autant. Puis il enchaîna par l'exemple contraire, en parfait *gentleman* joueur, évoquant ce grand dîner au cours duquel Sacha Guitry, assis à la droite de la maîtresse de maison, lâcha un vent si sonore et si odoriférant que tous les visages se tournèrent vers lui ; alors, sans se démonter, le Maître s'adressa à son hôtesse avec une discrétion ostentatoire et lui dit : « Ne vous inquiétez pas, Madame, je dirai que c'est moi. » Ce qui produisit l'effet escompté à la table des du Vivier.

Guitry avait du génie et ce n'était pas du vent. L'avocat et l'académicien se tenaient prêts à enchaîner dans le même registre, le réservoir à anecdotes étant intarissable chez les hypermnésiques. L'avocat surtout, qui avait également le don de transformer ses vues particulières en idées générales sous forme d'aphorismes jamais sentencieux ; il croyait avoir ainsi percé le secret de fabrication des moralistes du Grand Siècle et en avait fait un système. Malheureusement pour lui, ce qu'il était parlait si fort qu'on n'entendait pas toujours ce qu'il disait. Il ne fallait pas se retrouver trop souvent à sa table, car il lui arrivait de ressortir les mêmes mots d'esprit devant les mêmes personnes; ils n'impressionnaient que les oublieux et les nouveaux.

Comme quelqu'un évoquait *cinecittà* en passant, il ne put s'empêcher de rapporter cet échange glané dans une interview : « Monsieur Fellini, on dit qu'il est facile de distinguer un bon metteur en scène italien d'un mauvais : les bons, leur nom se termine par *i* et les mauvais par *ini*. Qu'en pensez-vous? — Oh, je sais qui raconte ça, c'est Viscontini... », ce qui suscita sourires, exclamations et petits applaudissements feutrés, à l'exception de sa femme qui regardait ostensiblement le plafond en soupirant dès que se profilait la menace de son bon mot. Encore que ces traits d'esprit présentassent au moins l'avantage de leur éviter le catalogue des histoires drôles, cette plaie des dîners en ville avec le *name dropping* (mouvement de la bouche consistant à truffer ses phrases du maximum de noms de gens connus si possible évoqués par leur prénom afin de laisser croire qu'on les fréquente et qu'on en est).

Marie-Do, elle, jouissait de sa perfidie; elle tenait une proie et ne la lâcherait pas. Elle n'en avait que pour Sonia et ne l'avait pas quittée du regard :

« D'ailleurs, êtes-vous vraiment Sonia?

— Pas la vôtre, assurément.

— Ne le prenez pas en mauvaise part. Je me demandais simplement si vous vous appeliez vraiment Sonia... »

La maîtresse de maison et son employée échangèrent un long regard. À nouveau, Sonia ne se sentait pas libre de réagir, comme ce fut le cas lorsqu'on lui proposa de s'asseoir à table. Tout en elle implorait un soutien. Ou un conseil au moins. Que répondre à cette perverse ? Par pitié, aidez-moi ! On ne tend plus la main à celle qui se noie ? Mais non, rien ne venait. Et personne ne changeait de sujet de conversation, chacun guettant sa réponse. Elle s'enfonçait dans les sables mouvants, mais n'avait pas la force d'un baron de Münchhausen pour s'en arracher en se tirant par les cheveux. C'est alors qu'elle entrevit les initiales brodées de Sévillano sur le côté gauche de sa somptueuse chemise rouge.

« S.O.S. ! fit-elle.

— Me voilà !

— On peut savoir ? s'enquit Dandieu, un peu perdu.

— Stanislas Oscar Sévillano ! dit-il fièrement en désignant du doigt sa poitrine. Je ne supportais plus d'être désigné comme S.S. Trop lourd à porter. Mes parents me le paieront un jour ou l'autre. En attendant, j'ai exhumé mon second prénom, celui de mon grand-père, et me voilà en dame du bon secours...

— Alors, vous êtes Sonia oui ou non ? » reprit Marie-Do sans se démonter, s'accoudant même sur son côté gauche, de manière à lui faire face, signe qu'elle avait tout son temps et qu'elle saurait attendre cette réponse qui ne venait pas.

« Votre insistance est embarrassante, fit remarquer M^e^ Le Châtelard. Ces choses-là relèvent souvent de la vie privée. Nul n'est tenu de se soumettre à la tyrannie de la transparence, d'ailleurs... »

Cette fois, Madamedu s'en mêla. Ce qui était au fond la moindre des choses.

« En fait, c'est moi qui ai demandé à Sonia de s'appeler Sonia lorsqu'elle est entrée à notre service. Je trouvais son prénom trop compliqué à articuler. Sonia, deux syllabes, voilà, c'est fait. C'est assez joli à prononcer, on pense à *soñar*, rêver... *sueño,* le rêve... en espagnol.

— Espagnole? Je vous aurais crue plutôt italienne, observa Sybil. Ce côté brun et mat, très racé, qu'on trouve du côté de Naples.

— Mais non! C'est l'Andalousie plutôt, cette lueur au fond des yeux, ce grain de peau, allons! » reprit Sévillano, aussi ardent que s'il défendait un territoire, et il y avait de cela.

« Sonia, c'est mieux que Nadia. Toutes les beurettes s'appellent Nadia.

— Alors, vous nous dites comment vous vous appelez? » trancha Marie-Do.

Sonia se sentit soudain près d'être libérée d'un fardeau, car rien n'est gênant comme une assemblée qui parle de vous devant vous, vous évalue et vous soupèse telle une marchandise, et ne s'exprimerait pas autrement en votre absence.

« Oumelkheir. »

Elle l'avait dit doucement, mais l'inflexion de sa voix était déterminée. Dès lors, elle se tiendrait en équilibre instable sur le fil qui sépare l'aveu de la justification. En prêtant l'oreille, on aurait pu percevoir l'écho du non-dit : « Oumelkheir et c'est comme ça. » Il y eut comme un malaise.

Le silence se fit. Un silence de plomb. Un sourire le brisa, mais un sourire laid dans sa victoire revendiquée, déformé par toutes les grimaces du combat à armes inégales, le sourire de Marie-Do.

« J'en étais sûre !

— Que voulez-vous dire ? demanda Banon.

— Je m'en doutais. Ni espagnole ni italienne. Pas européenne en tout cas. Oum... comment dites-vous, déjà ?

— Oumelkheir.

— Tu avais raison, Sophie. C'est imprononçable. Oum..., s'essaya-t-elle avant de pouffer de rire, manifestement incapable d'aller au-delà.

— C'est vrai que ce n'est pas facile, reprit Sybil en toute innocence. Aidez-nous, Sonia. Au début, ça va encore, mais après, avec les *khe* et le roulement du *r* et pour finir cette insistance sur *e-i* à la fin...

— Vous savez dire "Khadidja" ? leur demanda Sonia. C'est plus répandu et plus facile. Eh bien, c'est pareil.

— Ratdija ?

— Non, *kha... hrrrr.* »

Une partie de la table s'essayait à l'exercice, tendant les lèvres ou les arrondissant, raclant la gorge pour mieux cracher le mot, mais ça ne venait pas.

Effondrée par cette gymnastique labiale génératrice de postillons, Marie-Do les regardait en secouant la tête de droite à gauche, grommelant assez distinctement : « ridicules... ils sont ri-dicules... », avant de repartir à l'attaque. Car elle s'était installée dans un rapport de force dont elle ne sortirait qu'après avoir vaincu, encore qu'un triomphe ne lui suffît pas ; elle était de celles qui ont besoin de piétiner l'adversaire à terre pour véritablement jouir de leur misérable victoire et l'achever de la morsure d'un regard :

« Et ça vient d'où ? De la Maghrébie ?

— Marie-Do, je vous en prie ! fit son mari, plus diplomate que jamais. Ça n'existe pas, la Maghrébie. Qu'est-ce encore que cette invention !

— Enfin quoi, je ne dis pas une bêtise, Oumlecaire, ce n'est pas un prénom de l'Occident chrétien, que l'on sache !

— L'Occident chrétien ! soupira-t-il. Quand comprendrez-vous que "chrétien" est un mot inventé pour distinguer certains juifs d'autres juifs...

— L'Occident chrétien, parfaitement. Celui-là même contre lequel vous et certains de vos petits camarades du Quai avez fait campagne lorsqu'il fut question de l'inscrire dans la Constitution de l'Europe. Grande nouvelle : l'Europe a des racines chrétiennes et il ne faut pas le dire !

— N'importe quoi ! Vous mélangez tout. De toute façon, on vient d'un pays, pas d'une région.

— De toute façon, dites-vous bien que plus on s'enracinera, plus on s'ouvrira. »

Othman remplissait les verres, tâche qu'il savait accomplir avec doigté le cas échéant ; sauf que là, Madamedu craignait le faux mouvement, la goutte de trop, sur la robe de Marie-Do par exemple. Il était manifeste que cela ne lui plaisait pas de servir. De les servir eux. Rien de moins que dégradant. La distance que les casseroles mettaient entre lui et eux en était abolie.

« Dites-nous au moins ce que ça veut dire ? reprit Marie-Do.

— Oumelkheir signifie "la mère de la bonté", répondit George Banon en le prononçant parfaitement. Ça vous va très bien. Dommage que les Français aient tant de mal avec les langues étrangères. »

Il y eut quelques tentatives pour faire dévier subrepticement la conversation sans pour autant que les invités en perdent le fil. Comme il était question d'art contemporain, Stanislas se pencha vers sa voisine, Mme Dandieu, et murmura :

« Lorsqu'ils croient parler du marché de l'art, ils ne parlent jamais d'art, que du marché. Je ne leur donne pas cinq minutes avant de causer fric.

— On parie ? » fit-elle, amusée par le défi.

Il sortit un billet de cinquante euros de sa poche et le glissa sous sa cuisse. Le temps d'en faire autant, elle avait perdu. Erwan Costières, collectionneur si l'on veut, s'enhardissait sur ce terrain glissant. Il se piquait de s'y connaître au motif que des galeristes avisés gravitaient dans sa cour, prenaient l'avion à tout moment pour lui servir de guide dans une exposition à Moscou ou l'introduire dans des ateliers à Barcelone.

Depuis quelque temps, il se découvrait de nouveaux amis de longue date, surtout dans le monde des marchands, des courtiers et des commissaires-priseurs. Son discours sur l'art s'avérait pourtant d'une platitude confondante ; en décortiquant son langage, il apparaissait que l'Éducation nationale lui avait tourné le dos prématurément et que, de toute évidence, cela n'avait pas été un frein à sa réussite. Au contraire même ? Qui sait.

Rarement un jugement esthétique avait été aussi ponctué de chiffres. Même lorsqu'il s'était rendu propriétaire des lunettes de soleil de Louis-Philippe, roi des Français. Une prouesse. Au fond, seule l'intéressait la spéculation. À ses yeux, l'art contemporain n'était qu'un produit financier comme un autre, à ceci près qu'il ne devait rien à la modélisation mathématique. Bien qu'il eût appris le jargon du milieu et qu'il affectât d'en user, notamment le mot « travail » pour désigner en permanence toute activité des artistes comme si on les soupçonnait en permanence de délit de paresse, il continuait à dire qu'il *plaçait* les tableaux sur ses murs. On n'aurait su mieux confondre l'accrochage avec un placement financier, la manifestation de signes extérieurs d'une richesse qui n'était même pas intérieure. Ce qui avait toujours existé. Qu'est-ce qui avait changé alors ? Le cynisme peut-être, l'arrogance de l'argent.

Sévillano en était convaincu depuis ce début de soirée où il avait aperçu Costières rue Bonaparte, à l'arrière de sa voiture conduite par le chauffeur, s'arrêtant devant une galerie ; il n'eut même pas à en sortir que le marchand accourait déjà, si servile dans son empressement à petits pas, saluait Costières occupé au téléphone en tendant une main molle par la fenêtre, ouvrait la malle avec l'aide du chauffeur et emportait une toile que Costières avait achetée le matin même dans une vente à Drouot. Une œuvre connue dont Sévillano savait parfaitement qu'il venait de la revendre alors qu'il ne l'avait pas encore payée. Ça, un collectionneur? Même pas de la graine de marchand, car il ne prenait aucun risque. De ceux qui font parfois des héritages inattendus. On l'imaginait bien expert en testaments à main guidée.

Un jour, à la faveur d'une crise financière ou économique, il se débarrasserait de sa « passion » pour une autre du même ordre. En attendant, il promenait sa pochette dans les galeries, amassait et justifiait cette accumulation en prétendant avoir besoin de posséder pour aimer et comprendre. L'un et l'autre cherchaient le Graal, mais Sévillano ne vivait que pour sa quête alors que Costières rêvait de devenir celui qui l'aurait acheté.

Sonia suivait attentivement mais n'intervenait pas. La conversation dévia vers les collectionneurs de collection. Lorsque M^e^ Le Châtelard évoqua avec force détails sa propre réunion de bouchons de radiateur, l'une des plus cotées qui fût chez les passionnés d'automobiles non seulement en France mais bien au-delà, les collectionneurs de bouchons de radiateur formant une redoutable internationale, Sonia s'y faufila :

« *Silver Lady*? Ce sont les Américains qui l'appellent ainsi. Les autres, les puristes, disent plutôt *Spirit of Ecstasy*. Il paraît que les propriétaires de certains modèles de Rolls-Royce l'ont légèrement personnalisée pour se distinguer des autres, en plus de la signature du sculpteur, qui varie parfois dans la manière d'écrire la date de création. Quand on pense que la mascotte trône sur le radiateur depuis 1911...

— Tu nous avais caché les dons de Sonia ! lança Joséphine à leur hôtesse, du ton de celle qui ne s'est toujours pas remise d'avoir été évincée d'une place qui lui revenait de droit. Une véritable experte dans les choses de l'art ! C'est assez surprenant...

— Vous voulez dire : surprenant pour une bonne ?

— Ce n'est pas ce que j'ai dit, mais tout de même, on n'a pas l'habitude d'entendre une analyse aussi fouillée sur un sujet, ma foi, assez limité.

— En fait, je n'y ai aucun mérite, expliqua Sonia, je travaille dessus depuis quelques années.

— Les bouchons de radiateur ?

— Pas tout à fait ! dit-elle dans un éclat de rire qui révéla une dentition splendide. Les jardins, en fait. Mais quand on se passionne pour quelque chose, ça devient vite assommant pour les autres et je ne voudrais pas monopoliser la parole...

— Mais nous vous en prions ! fit Le Châtelard après un rapide regard circulaire quêtant une approbation générale et recueillant au jugé l'unanimité moins deux voix.

— Vous aussi, vous avez droit au chapitre, l'encouragea l'une des deux qui était celle de Sybil Costières.

— Pardon, mais on dit : “voix au chapitre”.

— Ah... Mais dites-nous, que faites-vous quand vous ne faites pas soubrette ?

— En fait, mes recherches portent sur ce moment début XVIIIe siècle où l'on passa du jardin dit “à l'italienne” ou même “à la française” à ce que l'on appelle depuis dans toutes les langues “le jardin anglais”. Loin de la géométrie selon Le Nôtre, on invente alors une harmonie plus conforme à l'ordre véridique de la nature, ou à une nature parée à son avantage, comme disaient ceux qui ont dessiné les jardins de Kew et Kensington. Ils cultivaient la surprise et le pittoresque. Mais ça n'alla pas tout seul, car au même moment, en Angleterre, un mouvement architectural s'est épanoui qui lui était radicalement opposé et qui s'inspirait lui de Palladio. Les deux styles, sauvage et classique, vont coexister parfois dans les mêmes lieux. Cette antinomie s'est ancrée au cœur de l'esprit anglais. On retrouve une semblable dualité dans les châteaux, les jardins, les maisons aussi bien que dans la voûte d'ogives des cathédrales... Voilà. Je travaille sur les dessins et les plans de toutes ces réalisations. C'est pour un doctorat d'histoire de l'art. En fait, j'essaie de terminer ma thèse à la Sorbonne. »

Tous l'écoutaient attentivement, mi-ennuyés mi-médusés. Non que Sonia fût une oratrice particulièrement captivante, mais ils n'en revenaient pas que quelqu'un comme elle puisse s'intéresser à quelque chose comme ça.

« La Sorbonne, ce n'est plus ce que c'était, trancha Dandieu. Le niveau des professeurs est excellent ; malheureusement, ils n'ont pas les élèves qu'ils méritent. Ça s'est terriblement dégradé. Elle incarne pourtant la pensée française dans le monde. C'est une part de notre prestige. »

À la lueur que le seul énoncé de ce mot de « prestige » alluma dans le regard d'Erwan Costières, aussitôt traduit en « luxe », on comprit qu'il avait mentalement sorti la calculette.

« C'est vrai quand on y pense, quelle marque fabuleuse !

— Je ne sais même pas où c'est, la Sorbonne, reconnut sa femme.

— Tu vois le Collège de France, rue des Écoles ?

— Encore moins !

— Maman l'a beaucoup fréquenté dans le temps, se souvint Sophie du Vivier. Les conférences de Barthes et Foucault, elle me racontait, elle adorait ça. Il y avait un monde ! de sorte qu'elle envoyait son chauffeur pour lui garder la place comme le faisait sa tante pour les cours de Bergson.

— Je ne vois pas, désolée.

— Le gros machin en face du "Vieux Campeur".

— Évidemment ! Il fallait le dire avant. C'est donc par là, la Sorbonne... »

Certains étaient comme assommés sous le choc d'une double révélation en vertu de laquelle une domestique, étrangère de surcroît, et arabe pour couronner le tout, pouvait donc accéder à un niveau d'excellence généralement réservé à d'autres élites. Ça ne passait pas. Ce n'était pas normal. Il devait y avoir quelque chose d'autre. Marie-Do reprit la main ; elle n'était pas du genre à se laisser démonter ; on la prenait difficilement par surprise ; eût-elle croisé dans la rue une Méduse à la tête entortillée de serpents qu'elle l'aurait envoyée chez le coiffeur se rendre présentable.

« Un doctorat ? Félicitations. Vous êtes arrivée comment jusque-là ?

— Comment "comment" ?

— Par quelle voie, puisque aujourd'hui, on offre des filières spéciales aux pauvres pour passer les examens... Vous avez bénéficié d'un passe-droit ? ou quelque chose du genre... »

Marie-Do aurait pu comme les autres user d'un synonyme, d'une métaphore ou d'une périphrase, mais non, elle l'avait dit, il fallait qu'elle le dise. Pauvres. Le mot résonnait encore en Sonia. Pauvres. Ce que les siens avaient été effectivement même s'ils ne l'étaient plus vraiment. Il suffit de l'avoir été autrefois pour appartenir à jamais au camp de ceux qui ne supportent pas que l'on parle de la pauvreté autrement qu'en connaissance de cause. Ni même qu'on emploie le mot. Mais c'était Marie-Dominique dite Marie-Do la désinhibée, celle qui dit tout haut ce que tout le monde n'oserait même pas penser plus bas, encore que la bassesse soit également partagée ; mais à tout prendre, son attitude avait au moins le mérite de la franchise.

« On ne m'a rien "offert". J'ai fait comme tout le monde, tout simplement. Après, j'ai l'intention de me présenter au concours des conservateurs du patrimoine, spécialité musée. C'est cela qui m'intéresse. Mais c'est sans importance. »

Sonia vida le fond de son verre de vin en prenant son temps, son fameux petit sourire au coin des lèvres, celui qui agaçait tant Madamedu. Ce qui ne passa pas inaperçu. Et comme Marie-Do lui demandait ce qui la faisait sourire ainsi, Sonia concéda « Titien... » sans en dire davantage, avant de se faire reprendre :

« Mais dites ! Quoi, Titien ? »

Alors Sévillano, qui n'avait pas perdu une miette de l'échange, interrogea Sonia du regard afin, d'un même sourire complice, de poursuivre la phrase qu'elle n'osait achever :

« Allez, ne soyez pas timide !

— Le Titien aboie, le Caravage passe. »

Ils s'étaient compris. Un peu trop même. Marie-Do, qui était incapable de manger quelque nourriture que ce fût sans l'écraser auparavant d'une fourchette vengeresse jusqu'à en faire de la mousseline, tripota son couvert pour se donner une contenance, et à la tension qu'elle y mettait, on sentait bien qu'elle aurait pu le tordre d'une seule main.

« Pas terrible. Digne de l'almanach Vermot.

— Calembour de potache », trancha Costières.

Sonia fut plombée par sa maladresse même. Comment savoir jusqu'où aller trop loin ? Où est le livre qui dit ces choses-là ? Sonia en faisait trop. Elle se surprenait à agir par mimétisme. Dans ces moments-là, plutôt que de se mordre la lèvre, elle préférait ôter ses chaussures sous la table et se frotter âprement les doigts de pieds les uns contre les autres jusqu'à les tordre. Comme elle le faisait à l'école. Tout plutôt que de laisser échapper un cri, un mot, une humeur. Me Le Châtelard s'employa à faire diversion, d'autant qu'une énigme le taraudait depuis le début :

« Mais le mystère reste entier : comment êtes-vous passée de l'art des jardins aux bouchons de radiateur ? »

Elle ne le fit pas exprès, mais son rire éclata avec une belle énergie et une belle fraîcheur :

« Vous avez raison, ça doit paraître bizarre. En fait, Erwin Panofsky, un maître de l'iconologie, a publié des analyses remarquables sur la coexistence de ces deux styles. Et il a ironiquement intitulé un de ses articles "Les antécédents idéologiques de la calandre Rolls-Royce" par dérision parce qu'à ses yeux, elle reflétait mieux que tout l'essence du caractère britannique : d'un côté une mécanique protégée par une façade palladienne, de l'autre, juste au-dessus, un bouchon de radiateur surmonté d'une sculpture très Art nouveau, particulièrement romantique avec ses voiles au vent. Quand il contemplait l'avant inaltérable de la Rolls, il voyait en réduction douze siècles de contradictions anglaises artistiquement surmontées... »

La nouvelle ne suscita pas une émotion à la hauteur de son attente. Un grand silence suivit ce qui ne se prenait pas pour une démonstration de savoir mais pouvait être considéré comme tel. Sonia le sentit bien qui résolut de battre en retraite. Ce qu'elle percevait dans certains de ces regards muets n'était pas particulièrement bienveillant. Dans le meilleur des cas, une incompréhension pour l'ardeur qu'elle manifestait vis-à-vis d'un sujet si minuscule. Sinon, une trace d'envie zébrée de mépris. Elle redoutait le fameux « c'est intéressant » prononcé avec détachement qui tue un orateur plus sûrement que toute attaque frontale. En fait, ce fut pire, car elle eut droit à sa traduction dans l'idiome du septième arrondissement, un « c'est amusant » qui est la seule ponctuation tout-terrain de ces conversations, tant et si bien qu'elle sert pareillement à réagir au récit d'une scène du plus haut comique qu'à la révélation d'un viol en réunion aggravé de tortures à l'os.

Le ciel du dîner se couvrit à nouveau. N'y en avait-il pas un pour découper une bande dans les nuages et laisser entrevoir l'azur ? Dandieu déclarait forfait, opportunément absorbé par la vérification de la symétrie entre ses couverts et ses verres ; il ramassait ses miettes par adhérence du doigt et les avalait goulûment en baissant les yeux, toute honte bue, craignant qu'on ne lui reproche de manger la nappe après avoir fini les assiettes des autres.

Un bref instant, deux invitées parurent abandonnées. Leur voisin ne leur parlait pas. Le fait est que certains ont si peu le goût des autres qu'ils ne leur posent jamais de questions. Ce qu'ils sont, ce qu'ils font, d'où ils viennent, rien. Le désert de la curiosité. Un au-delà de la muflerie. À tout prendre, ils préfèrent laisser s'installer un silence gênant. Ces gens-là n'en ont que pour eux-mêmes. Ils croient devenir sourds lorsqu'ils n'entendent plus parler d'eux. S'ils devaient un jour commettre un crime passionnel, ce serait certainement un suicide.

À la moue que la maîtresse de maison lui adressait, Adrien Le Châtelard comprit qu'elle l'implorait discrètement de revivifier la conversation, ce qui était bien dans son intention, mais peut-être pas dans le sens où elle l'aurait souhaité. Car de même que certains ont un don de regard panoramique, lequel leur permet d'embrasser plusieurs scènes à la fois en second plan tout en fixant leur interlocuteur dans les yeux, l'avocat avait ceci de particulier qu'il savait capter plusieurs conversations en même temps tout en prenant la parole.

« Sonia, puisque l'histoire de l'art est votre domaine, que pensez-vous de cela, lui proposa l'avocat. Tout à l'heure, avant de passer à table, j'ai glané au vol dans une conversation que M. Sévillano estimait que ma femme...

— Adrien, je vous en prie, l'admonesta Thibault du Vivier en esquissant un sourire jaune. Cela peut être très gênant pour tout le monde.

— Mais non, au contraire, n'est-ce pas, Monsieur Sévillano ? » fit-il en lui tendant une main à travers la table, à laquelle l'intéressé, pas vraiment à l'aise d'avoir été ainsi épié, répondit d'un geste large du bras signifiant : « Faites donc ! »

« ... il confiait donc que Christina lui rappelait des tableaux pré... pré...

— Préraphaélites.

— J'allais le dire ! Et vous, Sonia, vous la trouvez franchement préraphaélite, ma femme ? »

Les regards se tournèrent alternativement vers

l'une et vers l'autre, aussi gênées qu'on peut l'être lorsqu'on devient un sujet de conversation *in absentia*. Sonia n'osait pas parler alors que la réponse lui brûlait les lèvres. Comment s'exécuter sans avoir l'air d'exécuter Sévillano en le déjugeant ou Christina en la vexant ? Mais après tout, puisque ces gens semblaient la considérer comme une égale, et qu'ils sollicitaient son avis, autant jouer leur jeu.

« Préraphaélite, je ne le dirais pas. Parce que leurs couleurs sont trop vives et leur sens du détail et du réalisme trop appuyés pour correspondre à... à l'image que dégage Mme Le Châtelard.

— Et le portrait de *Veronica Veronese* de Dante Gabriel Rossetti ? demanda Sévillano d'une voix un peu moins assurée, comme s'il redoutait la réponse.

— Il y a de cela pour sa mélancolie. Pour le reste, elle est plus proche de symbolistes plus tardifs. Elle est *Salomé* sortie du pinceau de Gustave Moreau.

— Laquelle ? Il en a fait quelques-unes », précisa Sévillano pour montrer qu'il connaissait et qu'il aurait pu y penser, lui aussi, aveu d'échec tardif de celui qui avait formulé un jugement à l'épate, trop hâtif dans son analogie, si pressé d'en jeter ; il avait eu le réflexe de mettre la main à la poche afin de consulter le catalogue raisonné du peintre sur Internet, oubliant que son téléphone portable était, comme les autres, à la consigne. Allez savoir pourquoi, mais ce n'est pas à elle qu'il aurait demandé son avis sur le nouveau roman de Fabien del Fédala qui l'avait tant marqué.

« Plutôt *Salomé au jardin*.

— Heureusement, car ses autres *Salomé* sont le plus souvent à poil ! Bon choix... Une aquarelle des années quatre-vingt... Musée Mahmoud-Khalil au Caire...

— Ah, les musées ! j'y vais parfois », tenta Erwan Costières, qui devait les fréquenter la nuit le mardi de préférence, lorsqu'ils étaient fermés au public, pour les soirées de gala. « Mais dans quel pays comptez-vous travailler comme conservateur ? »

Surprise par la question, Sonia hésita un instant avant de répondre sur le ton de l'évidence :

« En France, bien sûr.

— Pourquoi "bien sûr" ? demanda Mme Dandieu.

— Parce que la France est mon pays et peut-être aussi par réaction. Durant toute mon enfance, j'ai entendu dire : il faut partir... Mes parents me répétaient ça. Un jour, un couple très riche leur a proposé de les prendre à son service — ce couple était sur le point de s'installer au Brésil — mon père comme chauffeur-jardinier, ma mère comme cuisinière-femme de chambre. Mes parents ont hésité et ils ont dit non. Ils n'ont pas franchi la ligne qui aurait probablement changé leur vie. Le passage de la ligne, c'est le plus dur. Qu'on décide de partir ou de rester.

— Et vous, où étiez-vous ?

— Dans le ventre de ma mère. »

Jamais elle n'aurait dit « maman » comme eux ; elle se serait reproché d'être retombée en enfance, de manquer de maturité, quand eux, au contraire, y voyaient la marque d'un milieu, d'une éducation. Sonia était convaincue de se souvenir de tout. Toute cette époque. Son séjour en placenta. Un étrange phénomène d'autant plus troublant qu'elle avait trouvé peu de documents là-dessus, mais elle y croyait d'instinct et d'expérience, qu'on l'appelât mémoire vibratoire ou empreinte cellulaire.

« On dit qu'il y a pénurie de directeurs de musées aux États-Unis, vous devriez vous y intéresser, mais... il ne suffit pas de partir, il y a la manière », intervint George Banon, et à la gravité du ton, on sentait déjà que sa philosophie du départ devait beaucoup à son roman familial. « Nombre de gens ont fui les Allemands pendant la guerre. Ceux qui se sont fait prendre ne couraient pas assez vite : ils tombaient sous le poids de leurs valises. Ceux qui s'en sont sortis s'étaient désencombrés. À force de donner, ils ne possédaient plus rien. Quand on décide de partir, il faut n'emporter que soi-même. »

Comme à son habitude, Sévillano s'empressa d'en tirer la leçon à l'usage de la collectivité, non sans la replacer dans un contexte historique :

« Toute expérience compte, c'est très XVIIIe, ça !

— Mais, Sonia, vous vous plaisez en France ? reprit Marie-Do qui ne lâchait pas le morceau.

— Je ne me pose même pas la question. Et vous, Madame, vous vous plaisez en France ? »

Sa repartie provoqua un éclat de rire général, puisque même Christina la Présence avait réagi.

« Mais vous venez d'où, Sonia ? lui demanda Marie-Do qui ne se laissait pas démonter si facilement et n'avait manifestement pas renoncé à son idée fixe.

— De l'Estaque.
— Qui ça ?
— Laissez tomber, Sybil, vous n'irez jamais, à cause du *jetlag* », conseilla Sévillano, sous-entendant que, pour elle, Rambouillet c'était déjà les Dom-Tom. « L'Estaqueeeeeu ! tonna-t-il en imitant avec une certaine grâce l'accent prêté au Sud, le petit port... Cézanne, Braque, Derain, Marquet... enfin, ç'a un peu changé depuis... les cités, tout ça...
— C'est à l'extrême nord de Marseille. À l'école, j'entendais que l'Estaque avait été une ville de peintres. Ç'a dû travailler en moi. C'est là que je suis née et que j'ai grandi. C'est chez moi, si vous préférez. J'y suis attachée. D'ailleurs, en provençal, "estaque", ça veut dire "attache".
— Mais... vos parents, votre famille ?
— Du Maroc.
— J'adoooore le Maroc ! lança Joséphine qui avait visiblement décidé de noyer sa déconvenue dans un fleuve de margaux. Tanger, Mogador, Djerba, et Fès, ville impériale, ma-gni-fique ! tout ça... » (« Pas Djerba », lui murmura Costières à l'oreille), « d'accord, pas Djerba, et pas Marrakech non plus, c'est devenu trop, mais comment ça s'appelle déjà, là où il y a l'hôtel des Gazelles... Tafraoute... et vous, Sonia, c'est où chez vous là-bas ?
— Ça ne vous dira rien.
— Dites toujours !
— Figuig, dans l'extrême Sud, tout en bas. Pas un touriste n'y va. C'est de là que mes parents viennent. Une partie de la famille y vit toujours.

— C'est le bled, là-bas...

— C'est le mot.

— Mais au fait, quel est votre nom de famille ? s'enquit Marie-Do.

— Ben Saïd. »

Alors Christina sortit de sa fausse léthargie et, elle qui n'avait rien perdu des conversations, fit entendre un mince filet de voix en fixant Sonia d'un de ces regards qui vous pénètrent jusqu'à l'âme :

« Vous êtes juive ? »

Marie-Do ne put réprimer un éclat de rire. Les mains sur les hanches, l'ironie au bord des lèvres, elle se tourna vers elle pour la sermonner telle une petite fille fautive :

« Mais enfin, Christina, les juifs sont comme nous !... Seulement un peu plus, c'est bien le problème, ils en font toujours trop pour être comme nous. »

Et comme Sonia secouait la tête d'un air aussi désolé qu'amusé, Christina poursuivit comme si elle n'avait rien entendu et que nulle ne s'était adressée à elle :

« Alors vous êtes arabe.

— En quelque sorte.

— Comment ça, vous l'êtes ou pas ?

— Berbère en fait mais ce serait trop... »

Nul besoin de traduire : en France, quand l'un dit « Arabe », l'autre entend « musulman ». Quant à la qualité de berbère ou de kabyle, elle est perçue comme une nuance superflue. « Arabe » englobe tout, pour le pire plutôt que pour le meilleur. Marie-Do l'avait bien compris ainsi qui enchaîna aussitôt :

« Oh, tout ça, c'est pareil ! Et vous vous plaisez chez nous ?

— Mais c'est chez moi ! Ici, je veux dire, chez vous c'est chez moi. Je suis française. Comme vous.

— Pas comme moi en tout cas.

— Alors, disons comme certains d'entre vous et comme d'autres Français, des Polonais dans le Nord ou des Italiens dans le Sud, auxquels vous ne demanderiez jamais s'ils se plaisent "chez nous". »

Pour la première fois de la soirée, Sonia avait haussé le ton tout en continuant de marcher sur un fil. De toute façon, ce n'était pas un dialogue puisque leurs positions n'étaient pas égales. Elle ne pouvait se permettre la moindre insolence ; ça ne lui serait pas pardonné. Rien de violent ni d'agressif, elle usa juste d'assez d'assurance, avec l'envie d'en remontrer, pour que Madamedu réagisse :

« Inutile de vous énerver, ma petite Sonia, on bavarde, voilà tout. Vous devriez être heureuse que l'on s'intéresse tant à vous, non ?

— Ça dépend, Madame.

— De quoi ?

— Du ton justement. Des mots. Ce sont d'infimes détails. À cette table, tout le monde m'appelle Sonia. Sauf M. Banon.

— Vous ne voulez tout de même pas qu'on recommence avec Oum... Oumm... zut, je n'y arrive pas, décidément, enfin vous voyez bien !

— Ce que je voulais dire, c'est qu'il y a encore dans ce pays une manière très coloniale d'appeler les Nord-Africains ou supposés tels, les femmes surtout, par leur prénom même lorsqu'on ne les connaît pas. Comme on le faisait avec les indigènes. Pas seulement avec les domestiques, avec les autres aussi, que l'on traite tous au fond comme des domestiques. Juste par la manière de les héler. Vous vous souvenez de cette ministre de la République que tout le monde appelait Chafika sans même la connaître personnellement ?... Chafika par-ci... Chafika par-là... fallait-il qu'elle soit justement "charitable" pour supporter ça sans broncher... ils ne la tutoyaient pas mais le tutoiement s'entendait. Ils s'adressaient à elle comme s'ils lui demandaient d'apporter un café *fissa*...

— Ça veut dire "vite" ou "tout de suite", glissa Son-Excellence-Alexandre, qui avait voyagé.

— ... pardonnez-moi, mais ça m'a frappée. Je suis, comment dire, très honorée d'être à cette table, à une place qui n'est pas la mienne, mais à part M. Banon qui m'appelle "Mademoiselle"...

— Bravo, Djorge !

— ... comme on le ferait normalement avec n'importe quelle autre jeune femme, lorsque vous m'appelez comme ça par mon prénom, j'ai plutôt l'impression d'entendre un sifflement, ou un claquement de mains. Ou, pis encore, deux doigts frottés l'un contre l'autre, comme ça... Voilà, pardon. »

Un temps, mais un temps épais, poisseux, lourd, à l'issue duquel on eût espéré la contradiction pourquoi pas, le débat d'idées, sait-on jamais :

« Délicieuse, cette aiguillette de bœuf à la cuillère. »

Son-Excellence-Alexandre confia alors que, de ses différents postes dans le monde arabe, comme jeune attaché à trois reprises et une fois comme ambassadeur, il avait conservé une passion pour la langue ; aux borborygmes sarcastiques que cela provoqua alors chez sa femme, on comprit qu'elle n'était pas partagée, mais il n'en avait cure. Il évoqua son apprentissage difficile de cet alphabet venu d'ailleurs, l'harmonie de cette écriture quand elle se fait calligraphie et surtout la sonorité de la langue, une splendeur...

« À condition qu'elle ne lance pas des appels au meurtre et qu'elle ne se livre pas à l'apologie de la terreur.

— Vous avez raison, Dandieu, mais n'est-ce pas le cas de toute langue ? Vous êtes germaniste, je crois. L'allemand tel que Goebbels le vociférait et l'allemand tel que Marlene Dietrich le murmurait, c'était bien la même langue, et pourtant, ce n'était pas la même musique. Et puis quoi, vous vous retrouvez dans le français des éructations de Philippe Henriot à la radio de Vichy ou dans le vocabulaire criminel de Doriot à ses meetings ? Plongez-vous dans *Les décombres* de Rebatet, relisez ses attaques contre le Mauriac du "foutre rance et l'eau bénite", pardon, Mesdames, baignez-vous dans les documentaires sur l'époque et dites-moi si vous êtes toujours aussi fier de notre langue !

— C'est vrai, reconnut Dandieu, mais nous sommes au XXIe siècle, et aujourd'hui, partout où sévit la terreur dans le monde, elle se réclame de l'islam dont l'arabe est la langue matricielle et sacrée.

— L'islamisme ne suffira pas plus à la corrompre que le nazisme n'a réussi à polluer durablement l'allemand. »

Il se sentit pousser des ailes, soudainement enhardi par l'allant de sa propre réplique, bien que Dandieu continuât à secouer la tête en signe d'incrédulité ; dans ces moments-là, des bouffées d'enfance charriant un bon sens provincial lui remontaient jusqu'aux yeux, dans lesquels on pouvait lire : « Petite boucherie, bonne viande. » Vint alors à Son-Excellence-Alexandre l'irrépressible envie de retrouver les paroles de l'opus dalidien *Bambino* ; un fameux acteur l'avait immortalisé en arabe dans une parodie de film d'espionnage qui l'avait enchanté. Il s'en régalait par avance ; on eût dit qu'il reprenait soudainement goût à la vie et que, par la seule évocation d'une chanson, le souvenir des jours heureux désormais enfuis revenait l'envahir et l'envelopper avec une douceur et une tendresse qui lui faisaient cruellement défaut depuis ; et comme certains mots lui manquaient, il implorait l'aide de Sonia qui s'y prêta avec grâce, amusée par cet impromptu :

« *Gâlu-lî wulît mahbûl... Bambino ! bambino !... Mâ zäl tabaz yâ bahlul...* »

Leur duo ne fut pas du goût de tous. À vrai dire, il déparait un peu la table. Emportés par leur élan, ils tapaient aussi dans leurs mains. Marie-Do ne se contenta pas de maugréer : « Ce dîner, ça devient n'importe quoi... », elle y mit brutalement un terme d'un trait sec bien dans sa manière : « Allez, Alexandre, la danse du ventre maintenant ! Allez, debout sur la table ! », qui les fit taire tous les deux dans l'instant comme des enfants pris en faute.

Sonia remarqua pour la première fois que les Alexandre, comme disait Madamedu, se vous-soyaient ; elle aurait bien voulu savoir ce qu'il en était dans l'intimité, à supposer qu'il y ait eu encore une trace d'amour entre eux. Combien de fois l'ambassadeur et sa femme s'étaient-ils déjà écharpés en public ? On ne comptait plus. C'était à se demander si ce n'était pas un jeu, s'ils ne le faisaient pas exprès, et si ce spectacle de leur couple au bord de la crise de nerfs ne relevait pas de la mise en scène. Sonia, qui avait déjà eu l'occasion de les observer à cette même table était convaincue de la sincérité de leur violence ; préméditée, elle aurait gagné en équilibre, et l'humiliation n'aurait pas été d'un seul côté.

Essayez de faire diversion, affectez de fuir ce que vous recherchez, et un malin génie vous ramènera toujours à votre point de départ. Thibault du Vivier, qui passait ses journées à régler des conflits dans ses entreprises, goûtait infiniment les relations bilatérales et pacifiques dès qu'il quittait son bureau. Aussi redoutait-il que l'atmosphère ne devienne plus électrique encore. Il ne pouvait même pas compter sur le service pour briser le rythme, car Mme Dandieu mangeait si lentement qu'elle empêchait Othman de desservir quand son mari avait depuis longtemps récuré son assiette. Il s'employa à placer la conversation sur d'autres rails, quitte à la conduire lui-même, mais sa bonne volonté n'y suffisait pas. Certains invités voulaient en découdre.

Comment avait-on pu passer ainsi de l'aiguillette de bœuf à la cuillère à la question de l'excision, il ne le saurait jamais.

« Ce n'est pas culturel, c'est barbare, c'est tout, trancha Marie-Do, qui tenait absolument à en faire un pilier de l'islam.

— Pardonnez-moi, la reprit Sonia qui avait gagné en assurance, mais vous commettez une erreur assez commune. Ça n'a rien à voir.

— Ce n'est pas musulman ? Alors c'est quoi ?

— C'est une mutilation ou une tradition, selon les points de vue, très ancienne, propre aux populations du Nil, qui s'est répandue dans l'ensemble de l'Afrique. Mais c'est une coutume animiste d'origine pharaonique. Rien à voir avec l'islam. D'ailleurs en Égypte, les chrétiennes...

— Je demande à voir.

— Mais c'est tout vu ! s'enflamma Dandieu. Puisqu'elle vous le dit, pourquoi ne pas la croire ?

— Au fond, c'est la circoncision des filles, reprit Marie-Do. Et la circoncision, ce n'est pas musulman, ni juif, non plus ?

— C'est hygiénique, international et éventuellement laïque. Très courant aux États-Unis chez les protestants de naissance, et en Angleterre... Tiens, vous savez à qui les Windsor font appel depuis des générations pour circoncire leurs garçons à la naissance ? À un rabbin, car les rabbins se transmettent un savoir-faire de la chose bien plus ancien que le plus habile chirurgien du royaume. Ça vous la coupe, non ?

— Dandieu !

— Pardon, chère amie, ça m'a échappé.

— Cela signifie que le prince Charles est circoncis ? s'enquit Sybil à qui le débat semblait soudain ouvrir des perspectives inconnues.

— Parfaitement. Et beaucoup plus d'hommes qu'on ne l'imagine. Dans les vestiaires de mon club, ça se repère tout de suite.

— Des noms ! Des noms ! »

Il en égrena plusieurs, non sans avoir hypocritement réclamé la confidentialité, quand Marie-Do l'interrompit d'un réflexe incontrôlé à l'énoncé de celui de François Mendel de Courcy :

« Non, pas lui.

— Mais si, mais si ! Enfin, je crois bien... »

Alors toute la table eut les yeux rivés vers celle qui, pour une fois, baissa les siens, la clouant d'un regard unanime mi-gêné mi-amusé dans lequel on pouvait lire en lettres de néon : « Mais qu'en savez-vous ? », chacun évitant de se tourner vers Son-Excellence-Alexandre. Le choix de la légèreté et de l'ellipse fut tacite. Pour une fois, la table avait eu la délicatesse de s'éloigner d'un sujet sur la pointe des pieds. D'autant que rien n'est suspect comme l'hystérie de vertu. Sévillano crut bien faire en détendant l'atmosphère, mais à sa manière :

« Foin des interprétations ! Il arrive aussi qu'un cigare ne soit rien d'autre qu'un cigare, n'est-il pas ? »

Manifestement, sa manière n'était pas la plus appropriée, car la conversation n'en roula pas moins sur l'homme en question, mais cette fois rhabillé. Certains le connaissaient. Erwan Costières, qui avait dû avoir affaire à lui, le débina soigneusement sur un mode assez déplaisant, provoquant aussitôt la réaction de Stanislas Sévillano :

« Une minute ! C'est un ami.

— Et alors ?

— Alors il est inconvenant de taper sur quelqu'un en son absence, *a fortiori* en présence d'un de ses amis. Je ne le supporterai pas, et puis ça ne se fait pas.

— Vous, Stan, vous avez trop d'amis pour en avoir un.

— Disons que je n'ai que celui-ci et vous n'y touchez pas. »

Dandieu en profita pour piquer de sa fourchette dans le plat de sa voisine. Il ne pouvait pas se retenir. Cela devenait systématique. Non seulement il finissait ses plats en les rendant comme neufs à force d'en épuiser les moindres saveurs, mais il se portait toujours volontaire pour aller voir à côté. Lorsqu'on lui en faisait la remarque, il excipait d'une vieille névrose d'ancien pauvre et ne pouvait s'empêcher de raconter la promiscuité, les privations, le manque. Dickens n'étant jamais loin, on évitait de le lancer sur ce terrain. Alors il piquait à côté, mais en proposant toujours à sa victime d'en faire autant :

« Non, merci, ma religion me l'interdit, lui répliqua sèchement Marie-Do.

— Allons bon, quelle est votre religion ?

— Le savoir-vivre. »

Par quel détour ils furent amenés à parler des divorces, nul ne le sut jamais. M[e] Le Châtelard était sur son terrain. Il ne tarda pas à suggérer que l'on généralisât un audit avant le mariage, mais autant financier que psychologique ; une sorte de casier judiciaire privé, supervisé conjointement par un notaire et un psychiatre. Juste pour savoir où on met les pieds, avec arbre généalogique, maladies héréditaires et secrets de famille à la clé.

Il envisageait également un audit avant chaque divorce afin de déterminer ce qui coûterait le plus cher : partir ou rester. Une manière de voir les choses. Nul doute qu'avec lui on pouvait même « revorcer » peu après avoir divorcé. Pressé par la table de raconter les coulisses des affrontements les plus mortels dont il avait été le témoin, il se retrancha ostensiblement derrière le secret professionnel, ce qui annonçait généralement quelques indiscrétions saignantes. Celle-ci concernait un important consultant de ses clients.

« Je le connais ! fit Dandieu. Consultant, si l'on veut...

— C'est pourtant son métier et il en vit très bien.

— Ça m'énerve, ce mot !

— Encore de l'anglais ? glissa malicieusement Djorge Banon.

— Ce n'est pas le problème. Si les médias n'étaient pas si frileux face aux procès, ils se passeraient de ce cache-sexe et appelleraient par leurs noms tous ces messieurs à carnets d'adresses qui jonglent avec leurs réseaux dans le mépris absolu du conflit d'intérêts. Seulement voilà, ils ont tout Paris en portefeuille. On ne peut le dire ni dans les journaux ni sur les antennes... Que dans les romans.

— Dites-le-nous puisque la vie est un roman !

— Des trafiquants d'influences. Il n'y a pas d'autres mots pour désigner leur activité. Trafiquants d'influences, voilà.

— Dandieu, vous avez bien raison de ne pas l'écrire... autrement, c'est à moi que vous auriez affaire ! »

À nouveau encouragé, M^e^ Le Châtelard consentit à raconter de l'intérieur une récente procédure qui avait fait quelque bruit dans leur milieu. Malgré son avertissement énoncé sous forme d'axiome (« Toute séparation est sauvage, tout divorce est sanglant »), ils ne furent pas déçus par le sordide du récit. Il disait que la manière dont certaines femmes remportent leur divorce devrait dissuader quiconque de les épouser. Jusqu'à ce que Marie-Do intervienne en jugeant sa cliente :

« Elle n'a eu que ce qu'elle méritait. Après tout, elle avait le feu au cul. Allons, on sait tous comment elle a été découverte : dans le jacuzzi après le tennis, à l'heure où tout le monde déjeunait, prise en sandwich entre deux membres du club ! »

Sa remarque ayant suscité des oh ! et des ah !, l'avocat en profita pour rappeler que le dossier était plus nuancé sur les torts partagés. Elle repartit à l'assaut, mais en le mettant directement en cause cette fois.

« C'est votre spécialité, de gagner ce genre d'affaires pourries.

— C'est ce qu'on dit ?

— C'est ce que je dis et je parle tout de même en connaissance de cause. »

Thibault du Vivier aurait préféré que l'on changeât de sujet mais c'était trop tard. Il s'en mêla à son corps défendant.

« Marie-Do, tu en dis trop ou pas assez. Il y a des insinuations qui sont pires que des accusations.

— Mais il sait très bien ce que je veux dire, n'est-ce pas, Maître ?

— Je ne vois pas, fit-il.

— Vous vous êtes bien occupé du divorce de Georges-Henri Crémieux ?... oh ça doit faire une quinzaine d'années...

— Ça me revient en effet. Je me souviens qu'il avait été très satisfait de la résolution de l'affaire. Il m'avait même invité à fêter ça au restaurant... attendez...

— Chez Jules, boulevard Magenta.

— Exactement ! Comment le savez-vous ?

— C'était mon mari. J'étais jeune et inexpérimentée. Papa venait de mourir, mon conseil n'était pas un tueur, mes frères n'ont pas voulu s'en mêler. Et puis j'avais hâte d'en finir. Ne plus entendre parler de tout ça et repartir dans la vie. Tourner la page même si elle pèse des tonnes. Vos mines à l'audience, et la manière dont vous et lui vous êtes réjouis à la fin... Comme deux escrocs qui viennent de réussir un sale coup. Vous m'avez lessivée avec une malhonnêteté qui a dû faire jurisprudence depuis. Complètement rincée. Vous et lui, je vous ai maudits, longtemps. »

Elle était soudain si pathétique qu'ils lui auraient tous tendu la main à travers la table. C'était bien la première fois. Ne lui prêtait-on pas une certaine capacité de s'émouvoir sans rien ressentir ? Sauf que cette fois, on ne mettait pas sa sincérité en doute ; le souvenir était encore à vif, mal cicatrisé, bien qu'elle maîtrisât pour le coup son verbe et s'exprimât avec calme, même si l'on sentait l'oppression jusque dans son soupir.

Les du Vivier essayèrent de calmer le jeu, et de mettre ce divorce à distance, Madamedu se morfondant de ne s'en être pas souvenue avant, mais ils en furent vite dissuadés, d'un mot, d'un seul. Il y avait un soupçon de rancune mêlé d'amertume dans la manière dont Marie-Do glissa : « Vous m'avez manqué. » De celle que l'on consigne dans le petit carnet noir où figurent ceux qui ont omis de téléphoner ou d'envoyer un petit mot de réconfort dans les moments de grande tempête et de haute solitude. Les du Vivier pour ne pas les nommer. S'ils avaient oublié, elle se chargeait à l'occasion de leur rappeler leur défection à un moment crucial.

M^e Le Châtelard étant opportunément interrogé sur l'étrange concept de « revorce », on s'éloigna un peu du champ de mines. Marie-Do se pencha vers l'oreille de Sévillano à sa droite :

« On dit que Le Châtelard n'aime pas sa femme.

— Il est bien le seul.

— Vous aussi, elle vous fascine ?

— Envoûtante, plutôt. Mais elle fait peur. »

Qu'il le fît exprès ou pas, peu importe, mais c'est le moment que choisit George Banon pour raconter le Canada, son ouverture au métissage, son communautarisme revendiqué, son multiculturalisme béat, avant de trancher :

« Mais ça ne marcherait pas ici. Pas la même tradition.

— En effet. Nous sommes une République issue des principes de 89. Chez nous, la solution, c'est l'intégration à marche forcée. Là-dessus, je suis et je reste un jacobin absolu, dit Dandieu. Il ne suffit plus de se dire républicain davantage que démocrate. Ces petits jeux ne sont plus de saison. Il y a urgence. Il faut les aider mais par la force...

— Ça va être plus difficile chez vous que chez nous.

— Vous n'allez tout de même pas nous refaire le coup de la France raciste, cher Monsieur ? lui demanda Dandieu.

— J'y pensais, justement, j'allais y venir !

— Alors là, je vous arrête tout de suite, car c'est un discours que je ne supporte plus. Savez-vous quel est le pays d'Europe qui a accueilli le plus d'étrangers en son sein au XXe siècle ? La France. Le pays d'Europe qui compte le plus de juifs et de musulmans en son sein de nos jours ? La France. Pas l'Angleterre, ce pays où il faut être *church of England* pour espérer devenir Premier ministre. Parfaitement. Tous ! Ils l'étaient tous !

— Et D..., tenta l'avocat.

— Disraeli s'était fait anglican dès l'âge de douze ans. Son père y avait entraîné toute sa famille après un sérieux différend avec la synagogue. Il avait eu du nez ! Sans ça, il n'aurait pas été ce qu'il est devenu, favori de la reine Victoria, fondateur du parti conservateur, Premier ministre... En France, vieille terre catholique, on a eu des protestants et des juifs présidents du Conseil. Guizot, Thiers, Blum, Mendès, qui encore...

— Un juif président, ce serait la cerise sur le ghetto.

— N'empêche, enchaîna aussitôt George Banon qui, comme les autres, fit semblant de ne pas l'entendre tant le bon mot de Marie-Do avait mauvaise haleine, n'empêche que la France de l'affaire Dreyfus est le pays qui a eu la lâcheté de condamner un innocent en parfaite connaissance de cause.

— Je préfère m'en souvenir comme le pays qui a eu le courage de se déjuger et de battre sa coulpe en réhabilitant un innocent. Vous voyez, on en revient toujours à ça, le verre à moitié plein ou à moitié vide. »

Ils convinrent que, de toute façon, un juif considère son origine comme un bonheur de tous les instants ou comme une prison, il n'y échappe pas ; car s'il y en a pour l'oublier, il y en a toujours pour la lui rappeler. Quelqu'un avança que nuls mieux que les juifs pouvaient prétendre à la qualité d'invités dans le monde, car leur exil séculaire les y avait conformés. N'était-ce pas là, dans ces terres d'accueil plus ou moins bienveillantes, que le génie de leur universalité s'était épanoui ? Dandieu poussa même plus loin cette logique :

« Il faudrait prendre modèle sur eux. Apprendre à être les invités les uns des autres, loin de tout sectarisme religieux et autres foutaises. Sinon, on va se détruire. Ah, l'art de l'invité...

— Un parasite.

— Pardon ?

— Parasite et compagnie, insista Marie-Do. Le reste n'est que verbiage. L'invité s'incruste, surtout s'il n'a pas été convié. Rappelez-vous le regroupement familial et voyez le résultat. On en a assez des victimes professionnelles et de tous ces gens qui parlent en pesant leurs morts. Tous d'où qu'ils viennent. Et puis quoi, a-t-on jamais vu des victimes aussi grasses pourchassées par une meute aussi maigre ?

— Vous, vous êtes une vraie méchante. Dommage que vous ne soyez pas également stupide, cela atténuerait votre responsabilité. »

Elle n'en avait cure ; forte de sa réputation de femme toxique, elle jouissait de cette liberté des plus rares qui autorise en toutes circonstances à larguer les amarres du sens commun. George Banon rapporta alors cette repartie qu'il avait glanée dans l'avion : « C'est décidé, désormais, je ne dirai plus que je suis juif. — Dans ce cas, moi non plus, je ne dirai plus que je suis noir. » La table partit d'un même éclat de rire, mais Thibault du Vivier ne fut pas rassuré pour autant ; il craignait que Marie-Do ne demandât à son futur associé s'il n'en était pas, justement, bien qu'elle l'appelât Djorge Baynone depuis le début de la soirée, en affectant une prononciation à l'américaine.

Après tout, Banon, Banoun, Benbanon et pourquoi pas du côté de la crèmerie d'en face, Banonski, Banonvici... À moins que... N'y avait-il pas un village du nom de Banon en Haute-Provence, un endroit charmant qui sentait le fromage et la lavande, où ils avaient fait halte une fois en se promenant avec les enfants entre Sisteron et Carpentras ? Or nombre de juifs ont pris des noms de ville lorsqu'un décret de Napoléon les a obligés à fixer définitivement leur patronyme... Plus compliqué peut-être. Mère juive, père protestant, culpabilité en stéréo ?

Il n'en savait rien et ne voulait pas le savoir. Pas ici, pas ce soir. Aussi s'empressa-t-il de faire dévier la conversation sur le statut des Noirs en France. Délinquants des cités ou millionnaires du ballon. Seuls les hommes s'en mêlèrent.

« Mais de quoi parlez-vous ? Un seul d'entre vous a-t-il jamais eu un Noir à dîner chez lui ? Non. Une relation d'affaires ? Même pas. »

Tout en servant du vin autour de lui, Sévillano

proposa de se noircir le visage au cirage afin de les mettre à l'épreuve.

« Je fais tout ici, la bonne, le nègre, je suis Genet à moi tout seul !

— Pourquoi êtes-vous gêné ?

— Genet !

— Je ne comprends pas.

— Admettons que je n'ai rien dit », se résigna-t-il en chantonnant « apocalyp-so ! », tout à sa joie si personnelle, si difficile à partager, qu'il suffit de changer une lettre pour que tout soit bouleversé.

« Admettons. »

À quoi bon insister, surtout avec Sybil Costières qui faisait rédiger ses lettres de château par un écrivain nécessiteux, suivait encore des cours de culture générale avec un professeur particulier dans le fol espoir d'être un jour à niveau et avait fait constituer la bibliothèque de son salon par un jeune libraire. En somme elle s'entourait de nègres et l'ignorait.

« Tout cela ne sera jamais qu'une question de *kairos*, murmura Sévillano par-devers lui sans se douter qu'il était entendu.

— Qui ça ? »

La conversation générale le sauva. Les causeurs convinrent que les seuls Noirs qu'ils croisaient régulièrement étaient les membres du corps de balais de la Mairie de Paris. Mais les voyaient-ils seulement tant ces hommes en vert leur étaient transparents ? Ils ergotaient sur les réactions suscitées par leur présence dans l'entreprise, les transports en commun, l'administration postale, les hôpitaux ou les services sociaux, sur les chantiers le plus souvent, selon qu'ils étaient noirs noirs ou noirs crème ou noirs métis, tergiversant sur le crépu des cheveux ou l'épaisseur des lèvres ; c'était dit d'un ton léger, sans un soupçon de racisme, mais les mots rangés dans le même ordre auraient eu une tout autre résonance à une autre époque.

« En tout cas, évitez de tomber malade entre jeudi soir et lundi matin, c'est là que vous avez le plus de chances d'être soigné par un Noir ou un Arabe ou autre, enfin un médecin diplômé à l'étranger, si vous allez à l'hôpital public », conclut l'un d'eux, l'articulation de plus en plus pâteuse.

Il fut aussitôt approuvé par presque toute la table, chacun y allant de son expérience malheureuse mais sans guère d'argument, et tous oubliant que l'homme qui était en train de remplir leur verre était justement un Algérien à la peau très mate. Mais ils faisaient comme s'il n'était pas là. Comme si ce n'était pas lui. Au fond, comme s'il n'existait pas. Sonia en était paniquée car, connaissant son impulsivité, elle redoutait qu'Othman ne fracassât le décanteur sur un crâne au hasard. Elle le sentait au bord de l'implosion ; dans ces moments-là, il était une guerre civile, celle de la tradition contre la modernité ; il croyait l'incarner à lui tout seul. Un regard la rassura sans l'apaiser, celui de Mme Dandieu tout juste émergée de ses pensées de laboratoire. Celle-ci secoua la tête, poussa un bruyant soupir et dit :

« Messieurs, tout ce que je vous souhaite, c'est qu'à votre prochaine admission aux urgences, un samedi soir vers trois heures du matin, lorsque vous demanderez à voir le diplôme de l'interne de service, il le photocopie et vous le fasse bouffer afin que vous vous imprégniez bien à fond du niveau de ses connaissances !

— Je vous en prie, chère amie, intervint Thibault du Vivier qui se fit un devoir de ramener le calme, nous sommes entre gens de bonne compagnie. Pas de violence ! ajouta-t-il en souriant.

— Mais la violence, elle est dans les propos que l'on vient d'entendre ! Vous vous rendez compte de ce qu'ils ont dit, et devant... (elle fit un signe du menton en direction de la porte de la cuisine)... lui ? Et devant... »

Elle n'osa pas achever sa phrase, tous les regards s'étant tournés vers Sonia qui baissait les yeux. Elle qui voulait tant se faire oublier. D'autant que toutes les assiettes étaient vides, sauf la sienne. Dans un coin, elle avait discrètement relégué le jambon en fines roulades, trié dans la garniture de légumes et rassemblé en un petit tas. Ce qui n'échappa à personne. C'était à peine perceptible à l'œil nu et pourtant, on ne voyait que ça.

Voulait-il se servir de l'eau ou servir Sybil Costières, toujours est-il que dans son mouvement un peu large, Dandieu renversa son verre de vin qui tomba à terre. Passé l'instant de surprise générale, Madamedu et Sonia échangèrent un rapide regard, ne sachant trop laquelle allait se lever la première, les deux dans les *starting blocks* (appareil fixé au sol des salles à manger françaises, dans lequel les femmes calent leurs pieds afin de s'élancer avant les autres vers les dégâts domestiques) ; mais l'hôtesse se souvenant aussitôt de son statut et de celui un peu particulier de sa quatorzième invitée lui adressa un discret signe du menton qui trancha le dilemme.

Sonia était déjà à genoux sur le parquet, aux pieds de Dandieu, affairée à ramasser les morceaux de verre et préoccupée de l'état de la robe de Sybil.

« Ce n'est rien, elle en a vu d'autres et elle en verra d'autres... »

Tandis que Dandieu se confondait en excuses, Sonia avait déjà rassemblé les débris dans sa serviette et les portait à la cuisine. Othman referma la porte sur elle et, alors qu'elle se lavait les mains dans l'évier, lui asséna le type de discours que le FLN réservait aux harkis à la fin de la guerre d'Algérie. Mais comme la référence ne l'impressionnait guère, il la traita de « collabo », lui demandant comment elle pouvait se mêler à ces gens, supporter leurs questions, se prêter à ce jeu malsain, être leur jouet. Eût-il apporté la preuve qu'elle couchait avec l'un d'eux qu'il ne s'y serait pris autrement.

« Tu en fais trop, Othman. Comme d'habitude. Tout dans l'excès. Fais comme si j'étais en service commandé ! D'ailleurs, c'est le cas.

— Sauf que tu y prends goût.

— C'est mon travail. Et puis arrête de me regarder comme ça ! J'ai l'impression que tu vas me faire tondre. »

Lorsqu'elle rejoignit la table, comme un invité avait fait remarquer que pas un seul instant la question des enfants n'avait été posée, et qu'ils étaient curieusement les grands absents de cette soirée, Sophie se risqua à dire que le plus fascinant dans une famille, c'est qu'elle était une famille. Costières ferma le sujet en estimant que ce n'était pas plus mal, Le Châtelard le referma en dénonçant leur manque de reconnaissance, Dandieu l'enferma en jugeant que la société bêtifiait de manière de plus en plus inquiétante par son culte de l'enfant-roi et Joséphine, reposant enfin le couteau dans la lame duquel elle se mirait, l'acheva définitivement d'une sentence :

« Si vous voulez de la gratitude, élevez des chiens. »

Ce n'était probablement pas d'elle, mais n'importe quelle idée ne semble-t-elle pas personnelle dès qu'on ne se rappelle plus à qui on l'a empruntée ? et ça, c'était vraiment d'un autre.

Soudain, Stanislas les fit tous taire en étendant solennellement les mains devant lui. Il semblait comme possédé. Par sa gestuelle, il les invitait à écouter, mais quoi ? Tous tendaient l'oreille vers l'invisible mais celui-ci était avare d'échos. Alors Stanislas se leva et colla l'oreille au mur. Il donnait l'impression d'écouter le frémissement de l'immeuble, comme si une plainte venait de s'en échapper. Le cri de la structure, ce tremblement intérieur, cette infime secousse, c'était... :

« C'est l'annonce de la mort », prévint-il en provoquant une avalanche de lazzis et de quolibets que seule l'intervention d'outre-tombe de Christina fit taire :

« Il a raison. Un funambule a ressenti la même chose en marchant sur son fil d'une tour jumelle à l'autre à New York. »

Il était si parfaitement livide que l'on n'aurait su dire s'il se moquait d'eux ou s'il se moquait d'elle. À ceci près qu'on commençait par se demander si Christina n'avait pas cette capacité de déceler aussitôt en chaque chose son secret. En tout cas, l'effet de souffle produit par sa remarque fit vaciller l'assemblée.

Son-Excellence-Alexandre avait la tête de ses bons et mauvais jours, le front anormalement plissé, le regard absent, la paupière lourde. Sophie du Vivier, qui était à ses côtés, se disait qu'il devait être en proie à la trilogie du quinquagénaire : névrose de l'adultère, hernie fiscale, angoisse prostatique. Mais pas nécessairement dans cet ordre. Seigneur, pardonne-nous nos dettes comme nous pardonnons à nos débiteurs. Elle crut cette impression confirmée lorsqu'il lui demanda l'autorisation de s'absenter un instant. Il se dirigea vers les toilettes tout en sortant une petite trousse de sa poche. Marie-Do, qui avait remarqué sa perplexité, articula à voix basse à son intention : « In-su-line. » Elle savait son mari chronométré par l'épée de Damoclès du taux de glycémie. C'était le moment diabétique. Sybil Costières profita de tout ce mouvement pour aller chercher ses cigarettes, oubliées dans son sac au salon.

Lorsqu'elle revint, elle remarqua que comme toujours dans ces dîners, à mi-parcours, le vin faisait son effet. Il avait la double vertu d'égayer les conversations et de désinhiber les pensées. Les invités se lâchaient plus volontiers, même les plus coincés ; ils flottaient, animés par une même quête de la légèreté dont le vin leur donnait l'illusion.

Par contraste, celui qui ne buvait pas, car il y en avait toujours un, se désignait du doigt. Que ce fût par goût ou par dégoût, il s'excluait du lot, demeurait souvent en marge des fous rires, ne comprenait même pas que l'on pût s'esclaffer en chœur à de telles inepties. Trop en phase avec le réel, il s'était de lui-même détaché du doux irréel. Il faisait tache et finissait par gêner.

Sybil passa les verres en revue. Christina Le Châtelard était la seule devant laquelle il n'y en avait qu'un, plein d'eau, et elle n'était pas du genre à croire qu'après tout, c'était du blanc.

Des gens de bonne compagnie. C'était tout à fait cela. Étaient-ils sur la même page ? comme disent les Anglais dans une jolie expression pour évoquer l'harmonie d'une assemblée. Pas vraiment. Mais ils savaient se tenir, même celle qu'on ne tenait pas. Les débordements étaient contenus dans des limites acceptables par une sorte d'autocensure qui indiquait à chacun jusqu'où aller trop loin. Rarement un dîner s'achevait en pugilat ; il revenait alors à la maîtresse de maison de se montrer violemment modérée, et tout rentrait dans l'ordre. À condition toutefois que les mœurs médiatiques n'aient pas déteint sur les invités au point de leur faire oublier les structures élémentaires de l'aparté.

Tolérable tant qu'il ne s'éternisait pas et ne se multipliait pas. Pas d'interruption intempestive, pas de monopole exclusif de la parole. Rien de ces insupportables manières de télévision que Dandieu fuyait en répétant qu'écrire lui était devenu le seul moyen de parler sans être interrompu.

En somme, les conditions étaient réunies pour permettre l'apparition d'un phénomène des plus rares, qui aurait mérité d'être observé dans la sidération et l'émerveillement : l'irruption d'une parole vraie au moment juste.

Est-ce la quête de cet instant-là qui pousse l'homme à se faire animal social? À « socialiser », comme diraient encore les Anglais? On sait pourtant depuis Pascal que tout le malheur de l'homme vient de ce qu'il ne sait pas rester tranquillement dans sa chambre. Même pas besoin d'une bibliothèque puisque toutes nos tragédies sont déjà dans l'Ancien Testament et que ce qui n'y est pas se trouve dans Shakespeare. Deux livres lui suffisent. Mais que serait-on si l'on ne frottait pas de temps en temps son intelligence à celle des autres? On n'a jamais raison tout seul, il faut que l'homme sorte, qu'il parle, qu'il écoute et subisse ce que les autres ont à dire, bien qu'il jure chaque fois que ce sera la dernière.

La table demeurait, avec le salon, l'ultime refuge de la conversation. La table privée, car au restaurant, il devenait impossible de rester dans ses pensées, de faire respecter son silence intérieur ou de tenir une conversation avec un ami cher; les serveurs défilaient à tout instant l'un après l'autre, comme pour s'enquérir de votre état de santé. Tout va bien ? Ça s'est bien passé ? Mais qu'allaient-ils imaginer : un accident entre deux plats ? Un arrêt cardiaque avant le dessert ? Ou une *overdose* de cholestérol ? Qu'on nous laisse nous parler ou nous taire mais qu'on nous laisse à l'entretien que nous sommes.

La conversation n'avait jamais été aussi chaude et tendue chez les du Vivier. En glanant la chute d'un face-à-face avant que ne reprenne la causerie commune, on avait même pu percevoir une fin de partie assez vive entre Le Châtelard et Costières : « Je ne vous permets pas ! — Tant pis... — Non, mais, je ne vous autorise pas ! — Eh bien, je me passerai de votre autorisation ! » Il devait être question du réchauffement climatique puisque l'un obligea l'autre à définir le protocole de Kyoto, lui fit avouer qu'il n'en savait rien, oubliant ce minimum de charité qu'en certaines circonstances un bac + 8 doit à un bac - 2, ce qui ne pouvait lui valoir en retour qu'une repartie un peu en dessous de la ceinture, mais ne méritait pas qu'on vidât là une querelle d'honneur. On guettait le retour de bâton. Avec les gens qui parlent d'abondance, il suffit de se placer sur le bas-côté de la route et d'attendre le mot de trop qui ruinera leur savant édifice. L'avocat avait cru bon introduire artificiellement dans leur échange une anecdote qui n'avait rien à y faire : « Le jour où Billy Wilder fut enfin couronné à Hollywood, comme on lui demandait s'il était heureux, il répondit : les Oscars, c'est comme les hémorroïdes; un jour ou l'autre, n'importe quel trou du cul finit par en avoir. » C'était sa manière de déstabiliser un adversaire : lui balancer une épithète insultante les yeux dans les yeux tout en s'abritant derrière un autre.

Il est vrai qu'il considérait Erwan Costières sans le peser, en faisant abstraction de sa fortune, comme un être un peu primaire qui devait croire que les gays habitent tous rue Gay-Lussac et les juifs à Villejuif. Même avec d'autres auditoires, l'avocat avait cette fâcheuse habitude de toujours préciser la fonction des personnages qu'il évoquait; on s'attendait à tout moment qu'il cite le nom du locataire de l'Élysée en ajoutant qu'il était président de la République, ce qui était gênant à la longue tant les uns et les autres avaient l'impression d'être pris pour des béotiens; il était vraiment de cette catégorie de causeurs qui ne se demandent *jamais* si ce qu'ils disent n'est pas déjà su. Un racisme de l'intelligence des instruits proclamés vis-à-vis des incultes supposés. Mais à tout prendre, cela valait mieux que l'un de ces interminables exposés sur la situation économique que certains prenaient plaisir à asséner sur le ton d'un cours magistral, et qui plombent une soirée plus sûrement que toute agression.

« Mais qu'est-ce qu'ils ont? demanda Sybil Costières à son voisin, Thibault du Vivier.

— En fait, le protocole de Kyoto qui est d'ailleurs celui de Poznan´ n'est qu'un prétexte. Ça a commencé juste avant le dîner. On parlait de la guerre, des massacres, de l'Holocauste, et votre mari a demandé à M[e] Le Châtelard s'il était capable de "documenter" ce qu'il avançait. C'était vraiment le mot : "documenter". Car lui n'y croit pas; il prétend que les cadavres retrouvés à Dachau sont ceux des victimes des bombardements de Dresde qu'on a transportés là exprès pour les photographier et les brûler. Ça a fait exploser de colère M[e] Le Châtelard qui n'a même plus voulu discuter avec lui.

— Pourquoi, Adrien est juif?

— Mais, ma chère Sybil, il n'est pas indispensable de l'être pour réagir. Faire du *small talk* avec ça tout en tirant sur son cigare et propager la rumeur avec l'air de ne pas y toucher, ce devrait être une obscénité insupportable pour n'importe lequel d'entre nous, non?

— Je ne sais pas, il faut voir, les médias déforment tellement... »

Doutaient-ils seulement, ces gens qui tenaient leur milieu pour un juste milieu? Il y en eut un, était-ce l'ambassadeur ou l'académicien ou un autre, qu'importe, pour assurer mordicus une chose surprenante au début du repas, mais dans une logique si parfaite qu'il fut cru instantanément, avant de la démentir à mots couverts à la fin du repas avec la même assurance, sauf que cette fois, elle cousinait plutôt avec le cynisme. Il n'avait menti sciemment que dans le but de déstabiliser son contradicteur. Ceux qui s'en étaient aperçus lui avaient déjà pardonné. Peut-être avaient-ils compris qu'à cet instant précis, par cet aveu, cet homme avait commis un suicide sous leurs yeux, mais un suicide envisagé comme un dommage collatéral de l'intranquillité : il avait tué la marionnette en lui.

Qu'importe si l'on ment dès lors que l'on ment avec élégance. D'autant que sa victime elle-même, qui n'était autre que George Banon, avait finalement paru assez consentante et vraiment pas dupe. L'air de rien, celui-ci avait donné une leçon de générosité. Non seulement celle qui consiste à donner mais celle qui fait accepter.

Sonia ne perdait à peu près rien de ce qui se disait. Encore que, lorsque Dandieu fustigea la dimension déréistique d'un parti de gauche, elle eût volontiers levé la main pour demander de quoi il s'agissait au juste, en quoi elle se serait dévouée pour la communauté, car autour de la table, ils partageaient vraisemblablement tous sa perplexité, mais nul n'osait le dire.

Depuis l'instant où elle avait révélé s'appeler Oumelkheir et non Sonia, elle craignait qu'on ne la mît à nouveau sur le gril. Le moment ne tarderait pas où on lui demanderait où elle avait appris à si bien parler le français, comme s'il était rare que quelqu'un comme elle en usât aussi correctement, aussi naturellement que n'importe quel autre Français. Le genre de question que l'on pose spontanément à un étranger pour le flatter. Ainsi adressé, le « compliment » l'eût horrifiée. Et encore, ils ignoraient que sa mère était analphabète ; s'ils l'avaient su, qu'en auraient-ils déduit ? Le fait est que, désormais, ses origines faisaient écran sur tout ce qu'elle pouvait dire. En ironisant discrètement sur

« le charme discret de la beurgeoisie », une voix sur sa gauche l'avait dissuadée de reprendre la parole. Il lui restait d'autres armes à sa disposition. Que serions-nous si nous ne pouvions révéler une vérité à travers un soupir ?

Aux légers signes d'impatience que Madamedu manifestait, Sonia comprit qu'il y avait un problème du côté de la cuisine. La table était desservie mais le dessert tardait à faire son apparition. Un échange de regards suffit. À croire qu'elles recevaient à deux. Sonia s'éclipsa discrètement. Ce que tout le monde remarqua, et pour cause. Parvenue au seuil de la porte, comme ils la regardaient tous sans un mot, l'œil moqueur ou le sourire méprisant, elle comprit que, dans sa précipitation, elle avait oublié de se rechausser. Cela aurait pu être charmant, mais ça ne l'était pas vraiment. Tous ces regards alors fixés sur elle, si accusateurs, elle aurait pu les résumer en une phrase : au fond, les Arabes vont souvent pieds nus, n'est-ce pas ? chassez le naturel... Son oubli la rendait soudain si ordinaire que, dans son esprit, il éclipsait le reste de sa personnalité. Écrasée par sa maladresse, elle ne savait plus si elle devait fièrement poursuivre son chemin ou retraverser le Rubicon toute honte bue afin de prendre ses chaussures sous la table. George Banon décida pour elle en les poussant au-delà de sa chaise d'un adroit coup de pied. La tête baissée, elle les ramassa rapidement : Sonia de chez les du Vivier était redevenue, l'espace d'un instant,

Oumelkheir Ben Saïd, la première de la classe prise en faute.

La cuisine était vide. Pleine du dessert mais vide de présence humaine. La mousseline d'orange en mille-feuille était prête, la crème légère à la liqueur de Grand Marnier également. Ne manquait que le stratège qui saurait organiser la rencontre historique entre l'une et l'autre. L'inquiétude la gagna lorsqu'elle vit la veste blanche posée sur le dos d'une chaise. Il n'était tout de même pas parti sans crier gare ? Des bribes de paroles et de rires étouffés lui parvenaient du fond mal éclairé de la cuisine, recoin aménagé qu'ils utilisaient pour se reposer.

Othman était bien là, acteur et metteur en scène de sa propre pièce de théâtre. S'asseyant sur l'une et l'autre chaise autour d'une petite table, il jouait véritablement la comédie du dîner, et alternait les voix et attitudes des personnages avec un don d'imitateur qu'elle ne lui soupçonnait pas.

« Voyez-vous, ces Français venus d'ailleurs, comme on dit, je les reconnais tout de suite...

— Ah bon ! Mais vous en avez un devant vous !

— Ce n'est pas pareil, allons ! Othman est notre Antonin Carême ! M. de Tall'rand nous l'eût emprunté !

— Oui, mais c'est un mahométan !

— Et alors, ils ne font pas tous dans le terrorisme pâtissier ! C'est même la spécialité d'un Belge, les tartes à la crème dans la figure.

— Un Belge, mon Dieu !... Pas un flamingant au moins ? »

Venue pour le tancer, Sonia fut désarçonnée par la drôlerie de la situation. Il était irrésistible à tour de rôles. Dans ces moments-là, seul l'humour permettait à Othman de canaliser sa colère. Ce qui tombait à pic. Oubliant sa déconvenue, Sonia riait et applaudissait de bon cœur.

« Pour le bis, on verra plus tard. Ils attendent, là-bas ! » fit-elle en lui tendant sa veste blanche à enfiler.

Là-bas, c'était reparti. Sonia ne tarda pas à se marcher sur les pieds sous la table plutôt que d'intervenir. Quand la conversation prenait un tour vulgaire, elle aurait voulu dire qu'autrefois, en pareille circonstance, les princes se levaient de table. Elle avait lu ça quelque part au cours d'une de ses longues journées de congé passées bien à l'abri derrière un rempart de livres, en bibliothèque. Mais où étaient les princes désormais ?

Elle ne dirait rien, car ce n'était pas à elle de dire mais à eux de savoir. Encore que l'exprimer eût paru d'une insondable prétention. Du temps où elle n'était qu'Oumelkheir, elle était toujours passée pour une bonne élève en toutes choses et toutes circonstances, et pas seulement à l'école. De quoi être gratifiée à vie d'une réputation d'irréprochable. Tout le monde n'aime pas ça. Elle l'avait ressenti au collège, au lycée, à l'université et le ressentait encore. Élève douée veut trop bien faire. La crainte d'en faire trop dans l'ordre du juste, du bon et du bien l'obsédait à l'en paralyser. Ses maladresses trouvaient toujours leur origine dans cet équilibre instable entre son premier mouvement naturel gouverné par le désir de bien faire et sa répression immédiate. À croire que le mérite était sa vraie religion.

Ce monde n'était pas le sien mais elle en connaissait les codes et les usages au bout de cinq ans de maison. Et puis à quoi bon avoir lu et relu Proust passionnément si c'était pour ignorer de quoi parlaient ces gens lorsqu'ils évoquaient *Così*, les *Noces* ou encore le « Chevalier » qui ne pouvait être que le Grieux du *Manon* de Massenet, comme s'il n'y en avait qu'un, évidemment. Saurait-on jamais dire tout ce qui se nichait de suffisance, de mépris et d'orgueil dans la revendication de cette évidence ? Non, sans doute. Nul besoin d'être allée à l'Opéra, où elle n'avait jamais mis les pieds, que ce fût à Garnier ou même à Bastille où il lui aurait fallu jouer des coudes pour espérer obtenir l'une des soixante-deux places debout, en fond de parterre, à cinq euros.

Malgré tout, Sonia n'arrivait pas à les détester. La femme de Dandieu, avec laquelle elle se sentait en empathie, peut-être parce qu'elle était l'une des rares à n'avoir rien à vendre, lui avait fait facilement admettre à voix basse une idée à laquelle elle était déjà à peu près acquise :

« Séparément, ce sont tous des gens de qualité... Oui, presque tous, je vous l'accorde. Mais une fois ensemble, ils en deviennent parfois imbuvables. Allez expliquer ça ! Au-delà de deux, la vie en société agit comme une compétition d'ego où la surenchère révèle ce que l'âme a de plus noir. C'est bizarre... »

Sonia avait le goût des autres. Avec quels invités de ce dîner aurait-elle pu partager des émotions devant un paysage ? Quelques-uns, certainement, bien qu'un seul eût été déjà de trop aux yeux d'Othman. Ce n'est pas tant sa culture que sa curiosité, sans laquelle tout savoir est vain, qui lui accordait un avantage. La cause était entendue : il faut se dépêcher d'aimer les gens tant qu'ils respirent encore. Elle demeurait optimiste sur l'avenir du genre humain. Même si elle se fût méprisée d'adresser à certaines femmes l'ombre d'un sourire. On ne se refait pas. Face à des gens jugés ordinaires, Sonia se demanderait toujours si ce n'est pas le regard porté sur eux qui l'est.

Drôles de gens tout de même qui louaient le cosmopolitisme sous toutes ses formes, mais se méfiaient des étrangers, et plus encore de ceux qui se prétendaient français. De combien d'entre eux aurait-elle pu dire que c'étaient de belles personnes ?

Le babil avait repris propageant sa douce musique autour de la table. Marie-Do semblait avoir renoncé à toute velléité d'agression. Pour autant, elle ne quittait pas Sonia des yeux, laquelle ne s'en rendait pas compte, trop absorbée par le récit de son voisin. L'ardeur avec laquelle elle la fixait n'avait cependant pas échappé à Sévillano. Seul témoin de cette scène muette mais si éloquente, il observa minutieusement ses lèvres pincées puis entrouvertes, son léger halètement, sa lente montée du désir : elle était tout simplement en train de jouir, spectacle rare dont une amie lui avait vanté la puissance d'évocation mais auquel il n'avait encore jamais assisté.

Madamedu rejoignit Christina qui se poudrait dans le cabinet de toilette.

« La baraque ? Je lui ai cassé la baraque ? Mais quelle baraque ?

— Ils sont en affaires. À défaut de se voir, ça devrait se sentir, non ?

— De toute façon, c'était mal parti.

— Ne recommence pas avec tes chiffres, je t'en prie ! Treize, douze, quatorze, je m'en fiche, moi !

— Ce n'est pas les chiffres, le problème. Ton mari, il porte une cravate à dominante verte. Lorsqu'on entreprend une démarche, on ne doit jamais porter du vert. Ça conduit droit à l'échec. Les Anglais savent cela : jamais de vert à un mariage. Même dans le légumier !

— Je ne crois pas à ces choses-là ! fit-elle, avant de se raviser. Tu es sûre ? Je croyais cela réservé aux gens de théâtre. »

Sophie observa Christina dans le miroir. Tout dans son regard muet le lui criait : mais que sommes-nous d'autre que des comédiens dans ce monde aux dimensions d'une vaste pantomime ? Tous des personnages dramatiques se manifestant de façon comique.

Chacun s'était voulu metteur en scène de soi et régisseur de sa vie. Certains, il leur suffit d'appuyer sur le bouton pour avoir l'illusion de participer au mouvement de l'ascenseur. À cette heure-ci, légère ivresse oblige, les masques commençaient à tomber. Les invités étaient enfin en pleine possession de leurs défauts. À l'exclusion de celle qui ne buvait pas et observait d'un œil impitoyable cette comédie des apparences, la seule qui fuyait tout ce qui menaçait de l'enfermer dans la comédie d'elle-même. De tous, elle était la plus cohérente dans ses contradictions.

La maîtresse de maison hésita entre servir le café à table ou sur la terrasse. La première hypothèse présentait l'avantage de ne pas briser le rythme de la conversation tout en sous-entendant qu'il faudrait prendre congé ensuite, quand la seconde invitait à prolonger la soirée. Le cher Stan crut l'aider en racontant l'un de ses pires souvenirs de dîner.

Ça se passait à une cinquantaine de kilomètres de Paris, dans le cadre majestueux d'un interminable château historique racheté par l'un de ses amis au goût très simple. Une vingtaine de personnes avaient été conviées autour d'une invitée d'honneur, une reine en exercice dans une cour d'Europe du Nord. Ils ne passèrent à table qu'à vingt-deux heures. Vers minuit, la fatigue les gagnait déjà à la seule pensée de la route qui les séparait de Paris, préoccupation étrangère à la majesté nordique qui dormait au château, naturellement, et se trouvait fort bien à table où elle fumait comme un pompier. Or, il n'était pas question de se lever avant elle, même pas pour se rendre aux toilettes. Lorsque l'altesse se décida enfin à lever le camp, vers deux heures du matin, on assista à ce phénomène rare dans les annales de la mondanité : une fuite éperdue d'invités dans la campagne.

« De toute façon, conclut-il, est-il spectacle plus dégradant que des êtres humains mangeant à une table ? »

Mme Dandieu leva une main timide. Avait-elle remarqué qu'Erwan Costières avait retiré une chose informe de sa bouche pour la dissimuler maladroitement dans un mouchoir en papier au moment même où Othman servait l'entrée ?

« Les mêmes mastiquant du chewing-gum. Si si, ça existe encore. Des ruminants sur deux pattes et qui se tiennent droit depuis que les arbres ne masquent plus l'horizon. Certains même l'ouvrent grande mais avec un sens aigu du rythme. Ils ont l'air contents d'eux : à l'âge des cavernes, on a les satisfactions qu'on peut. Ils tiennent à nous faire profiter de l'avancement des travaux sur leurs caries. Le bruit de la mastication couronne le tout. J'ai banni ça de mon labo avant même le tabac.

— Et si nous poursuivions sur la terrasse ? demanda Sophie à la cantonade.

— Allez-y si vous voulez, moi je reste à l'intérieur. L'air de Paris est si vicié que je le fais bouillir avant de le respirer. »

Dans l'éclat de rire qui suivit la remarque de Joséphine, c'est à peine si l'on entendit Christina murmurer :

« Le premier à se lever mourra dans l'année. »

Cela n'avait pas échappé à son voisin de droite, Erwan Costières.

« Avez-vous entendu ce qu'a dit Christina ? Allez-y, Christina, répétez-le ! Allons !

— Le premier à se lever mourra dans l'année », dit-elle à mots comptés, sans que pour autant sa chevelure de Salomé préraphaélite crache du feu et que la fumée lui sorte des oreilles. Un étrange paradoxe s'en dégageait plutôt, celui d'une femme aussi apaisée en apparence que profondément intranquille dans ses paroles.

« Excellent ! Bravo, chère Christina, nous voilà revenus au point de départ, à nouveau figés en statues de sel autour de cette table possédée par les esprits ! Et qu'est-ce qu'on fait maintenant ?

— C'est ridicule...

— Dans ce cas, Dandieu, donnez le signal de la transhumance vers les jardins de Babylone, suggéra Sévillano. Levez-vous ! Qu'attendez-vous ? »

Le fait est que, si tout le monde s'accordait à juger puériles ces superstitions, nul n'avait le cœur à les mettre à l'épreuve. À croire qu'une sourde et lointaine contrainte venait défier la raison en chacun d'entre eux. Quelque chose d'archaïque, épaisse silhouette noire venue du fond des âges qui devait reposer dans les replis de l'âme, prête à surgir. Nul n'y avait jamais cru, et la veille encore tous auraient éclaté de rire si l'on avait osé les soupçonner d'y croire, mais chacun agissait à présent comme s'il y croyait obscurément. Seule Christina semblait soulagée ; elle s'était délivrée d'un fardeau qu'elle devait porter depuis le dessert; à eux désormais d'en supporter le poids. Disons qu'elle avait ses raisons et n'en parlons plus. Sauf que c'est justement le problème, dans la vie : tout le monde a ses raisons et elles coïncident rarement.

Ils l'observaient du coin de l'œil, à croire qu'elle avait le pouvoir de les désenvoûter, ou de lever la malédiction. Mais non, elle ne cillait pas, tandis que Dandieu, qui montrait peu d'inclination et encore moins de patience pour le surnaturel, maugréait : « épatant... », sans pour autant parvenir à s'arracher de sa chaise, lui le premier.

Les apartés cessèrent. Il n'y avait plus que le silence, celui-là même dont le fameux proverbe chinois dit bien que si rien n'est plus beau, alors il vaut mieux se taire. L'ambiance était propice à ce qu'on entende les morts crier sous les dalles. Soit, mais combien de temps ? Les du Vivier s'interrogèrent du regard d'un bout à l'autre de la table. Sophie et Thibault paraissaient également désemparés. La maîtresse de maison hésita alors entre se sacrifier et demander à sa domestique de le faire pour elle. Le dilemme vint à l'esprit de tous lorsqu'on la vit se tourner vers elle, le regard implorant. Ce qui les sauva alors, ce fut un coup de sonnette qui résonna tel un coup de gong dans la stupeur générale.

« À cette heure-ci ? Othman, s'il vous plaît, la porte !

— Devine qui vient dîner ce soir... », murmura Stan.

Le sauveur fit son entrée. Il ne ressemblait ni à

Dieu, ni à Satan, ni à un Noir, mais à Hubert. Ses yeux étaient si bleus qu'ils devaient conserver leur éclat sur les photos en noir et blanc. La joie de les retrouver probablement. On lui glissa une chaise sur laquelle il s'assit sans même y prêter attention, avec l'assurance tranquille de celui qui n'envisage pas un seul instant la perspective qu'un homme tel que lui puisse se poser dans le vide.

« Vous m'acceptez encore ? J'ai passé une excellente soirée, mais ce n'était pas celle-ci. Je n'ai eu qu'une hâte : m'échapper de ce dîner barbant, mais d'un barbant, si vous saviez... Je me disais que s'ennuyer à ce point, ça doit finir par occuper, mais non...

— Nous, c'était formidable. Un long fleuve tranquille.

— ... ces gens qui ne parlent que de leurs affaires, ou de politique, mais il faut voir comment, soit par le trou de la serrure, soit par des querelles de chapelle, et vas-y que je te raconte les derniers potins sur je ne sais qui pris la main dans la culotte de je sais trop qui, et le pis, c'est qu'ils s'imaginent révéler quelque chose alors qu'ils sont informés de la même manière, ils lisent tous les mêmes journaux, écoutent les mêmes émissions, fréquentent ces mêmes cercles qui ont achevé la ruine des salons en détournant leur clientèle, tout cela tourne en rond et s'intoxique, non vraiment, vanité et vacuité sont les deux mamelles de leurs transes...

— Oh oh, grand Hubert ! En pleine forme ! » lui lança son complice Stanislas Sévillano, habitué à ses formules.

Il est vrai qu'Hubert d'A. avait un réel souci de la langue, mais il parlait tellement bien français qu'on ne comprenait pas toujours ce qu'il disait. Lorsqu'il s'en apercevait, il avait alors l'élégance de se rendre plus accessible avant de conclure par un rituel : « Si vous m'avez compris, c'est que je me suis mal exprimé. » Du Hubert d'A. tout craché. On le savait, mais on ne s'en lassait pas, car il y avait en lui quelque chose d'un prince tenant sa mélancolie en laisse.

« C'est l'idée de me retrouver parmi vous pour finir la soirée et... tiens, Sonia, vous êtes là aussi ?... pas courant, ça... que se passe-t-il, c'est la première fois ou je me trompe...

— On t'expliquera », enchaîna aussitôt la maîtresse de maison.

Sonia en profita pour poser sa serviette sur la table et proposer de prendre congé puisque désormais, ils étaient quinze et que sa présence n'était plus indispensable, mais ils eurent l'élégance, du moins les plus bruyants d'entre eux, de s'y opposer d'une même voix.

Dernier arrivé, Hubert d'A. fut soumis à une dégustation à l'aveugle. Il huma longuement la chose, lui donna du mouvement, y prêta l'oreille, la mâchonna avant de faire claquer sa langue.

« Mmmmmm... cépage breton... château d'Argol 1938 ?

— Hubert, aide-nous plutôt à résoudre ce dilemme, lui suggéra l'hôtesse. Admettons que le dicton soit vrai et que le premier à se lever de table mourra dans l'année... mon Dieu, quelle horreur quand on y pense... mais admettons, comment s'en sort-on ? »

Tous les regards étant tournés vers lui, il en jouissait. Hubert ferma les yeux et posa les mains devant lui sur la table, fit mine de communiquer avec l'au-delà avant de rendre son verdict.

« Vous me faites confiance? Pas le choix, de toute façon. Alors ne réfléchissez même pas. À 3, on se lève tous ensemble. 1... 2... 3 ! »

Ce qu'ils firent d'un même élan parfaitement synchronisé, dans un vacarme de chaises et de rires nerveux, de ces rires de libération qui ponctuent souvent les moments dramatiques. À une exception près : Christina qui n'avait pas cillé, stoïque à sa place. En passant devant elle, Dandieu ne put se défendre de se pencher et de lui glisser :

« Quatorze morts dans l'année : quelle hécatombe, ce dîner ! »

Le sarcasme n'avait rien de gratuit. Il lui permit de dissiper son propre malaise, ce moment d'impuissance qui l'avait empêché de défier le destin, lui le champion de la raison raisonnante, lui qui écrasait encore l'infâme à la fin de ses lettres à certains de ses amis en les signant à la Voltaire « Écr.l'inf. » ; il n'en revenait pas de son accès de faiblesse en public; il aurait du mal à le considérer, face au miroir de ses petits matins blêmes, comme autre chose que de la lâcheté.

Christina fit quelques pas seule dans l'appartement tandis que les invités s'éparpillaient. Intriguée par un petit tableau posé à hauteur de regard sur un rayon de la bibliothèque, elle s'en rapprocha. Un portrait bouleversant de détresse signé d'un nom qui ne lui disait rien, Jean Rustin. Elle n'avait encore jamais vu le portrait d'un cri poussé du fond des âges. Pétrifiée par l'intensité autant qu'émue par la solitude qui s'en dégageait, elle semblait sous hypnose ; aussi mit-elle un certain temps à sentir que quelqu'un se tenait à ses côtés, juste en retrait.

« Je vous regarde regardant le tableau, fit Marie-Do.

— C'est lui qui nous regarde. Il ne nous quitte pas des yeux et nous poursuivra longtemps, vous verrez. S'il pouvait raconter tout ce qu'il a vu et entendu... Quelqu'un a écrit tout un roman là-dessus à partir d'un tableau d'Ingres.

— J'ai vu ça, la baronne machin...

— Une Rothschild, non ?

— Une famille sans imagination. Beaucoup d'argent et c'est tout. Le grand goût de l'accumulation, très peu pour moi. Des tableaux de tels maîtres dans la galerie de tels ancêtres, bof...

— On dit qu'aucune grande famille française n'a autant donné d'œuvres d'art à la France.

— La moindre des choses après ce que la France leur a donné, non ? »

Comme si elle renonçait, Christina se retourna résolument vers le Rustin, s'approcha au plus près de la matière, prête à y pénétrer et à s'y fondre ; alors seulement elle eut la conviction que dans les bras de cet inconnu au visage ravagé par une douleur existentielle, hurlant son désarroi à en faire exploser les fibres de la toile, elle retrouverait une part d'humanité qui avait déserté l'espèce humaine.

Sonia surprit George Banon occupé à caresser le tapis. L'image collait parfaitement à cet homme au tempo de rumination lente. Elle s'assit sur ses talons pour se placer à sa hauteur :

« C'est doux...

— Ce n'est pas cela que je regardais, dit-il, soulevant un coin du boukhara. C'est la poussière dessous. Je voulais m'en assurer.

— La poussière ?

— Votre présence a fait sortir des choses qui ne sortent jamais. Tout ce que la société enfouit en espérant que jamais personne n'aura le mauvais goût de le déterrer. Il suffit de pas grand-chose.

Treize et puis... Toute la poussière sort, fait tousser, étouffe... »

Ils se relevèrent, mais Banon voulait poursuivre. Il avait ce pouvoir qu'ont certains hommes de se faire accompagner dans leur mouvement sans donner d'ordre, ni même d'indication. Son corps s'exprimait pour lui. Cet allant irrésistible, ce devait être ce que l'on appelle l'autorité naturelle.

« Vous aimez ce pays ?

— Ça vous surprend, avouez ? fit-elle en souriant. On ne va tout de même pas cesser d'aimer son pays parce que certains de ses habitants ont cessé d'être aimables, non ?

— Mais vous serez toujours considérée comme une invitée ici ?

— Ailleurs aussi. Partout où j'irais. Alors autant vivre là où je me sens le moins... invitée, comme vous dites. Tout à l'heure, c'était difficile à exprimer, ç'aurait été inaudible et inacceptable, mais entre nous, je peux vous le dire : l'âme de la France, ç'a toujours été ses étrangers. Ce sont eux qui la rappellent à sa grandeur, car ils l'aiment pour ça. Il faut toujours en faire plus que les Français pour espérer devenir pleinement français sans se renier pour autant. C'est comme ça que ses "étrangers" tirent ce pays vers le haut.

— Pas tous, en tout cas... Que vaut-il mieux : être le dernier Indien sur son territoire ou un émigré qui ne sait pas où il habite ?

— Ni l'un ni l'autre. Vous avez juste oublié la masse qui se trouve entre les deux et dont je suis.

— Mais... pourquoi faites-vous tout ça ?

— Tout ça? Pourquoi je fais la bonne? Mais pour payer mes études, tout simplement. Vous pensiez que c'était par goût? Par vice comme celles qui se prostituent?

— Je croyais que les études étaient gratuites en France, ou à peu près. »

Sonia ne put s'empêcher de sourire de sa naïveté, mais elle réprima sa réaction, de crainte qu'il ne la prît pour une forme de mépris. Après tout, qu'est-ce qu'un homme d'affaires venu de si loin pouvait savoir de ses problèmes? Elle n'allait tout de même pas le juger en lui demandant le prix de la baguette de pain ou en le soumettant à ce genre de tests stupides. Mais tout de même, une ancienne conviction l'habitait encore, selon laquelle il y aurait toujours un fossé irréductible entre ceux qui prennent le métro et ceux qui n'en connaissent même pas l'odeur, ce que c'est que de s'y faire frotter par des inconnus, ou même à quoi ça ressemble.

« Elles le sont effectivement "à peu près", dit-elle en chiffrant mentalement l'ampleur de cet à-peu-près, mais il faut vivre, subvenir à ses besoins, acheter les livres, tout ça. La place n'est pas mauvaise; je suis logée là-haut et lorsque certaines conférences l'exigent, So..., pardon Mme du Vivier m'accorde le temps nécessaire.

— Vous savez, Sonia..., fit-il, un peu embarrassé, le menton lové dans la main, comme elle l'avait déjà vu faire à plusieurs reprises, vous savez...

— Quoi?

— Non, rien.

— Dites!

— Au Canada aussi, il y a des musées. »

Comment fait-on quand on veut ne pas comprendre ? On fait comme si on n'avait pas entendu, comme si les paroles étaient passées très vite et que la métaphore était trop elliptique.

George Banon dégageait une impression de robustesse et de solidité à toute épreuve qui l'impressionnait. Son allure confortable, haute et légèrement enveloppée, y était pour quelque chose. Quand tant d'autres s'évertuaient à assurer, lui rassurait, et c'était tellement mieux. Tout le contraire de ces hommes d'affaires qui veulent être César ou rien, et qui finissent par être César puis rien.

Il avait fallu ce bref échange pour que Sonia fasse un pas de côté en s'observant dans le miroir que tendait cet authentique étranger à la fausse étrangère qu'elle était. Rarement comme ce soir-là elle avait aussi profondément ressenti un intime écartèlement qu'elle refusait d'appréhender comme un paradoxe. Un décalage parfois vécu comme une déchirure entre la fidélité aux origines et un fantasme d'émancipation. Là se creusait sa fêlure. Chez elle, dans sa famille, et plus encore avec son compagnon, elle se voulait ambassadrice de France, mais d'une France magnifiée, une France dans toute sa splendeur, une France des Lumières à jamais éclairée, qu'elle étudiait pour la rendre à son lustre d'antan ; c'est pourquoi elle voulait ses diplômes, ses félicitations, ses décorations et plus encore si possible, comme si cela valait réparation d'un dommage obscur dont elle seule connaissait la vraie nature ; il fallait qu'elle se retrouve isolée et minoritaire comme à ce dîner pour défendre d'abord les siens et ce qu'ils étaient, le monde d'où ils venaient et dont ils lui avaient malgré tout transmis un résidu de mémoire. Une part d'elle-même et pas la plus mauvaise. Les siens, les miens. Un concept à géométrie variable dans une réalité mouvante. Même si la vraie culture n'est pas dans les livres mais dans la vie, elle avait retenu des bons auteurs que cette foule en elle était féconde. Cette tension serait sa richesse. On ne la ferait pas plus renoncer à son origine qu'à son affinité élective. L'évolution de la société l'invitait à se maintenir dans cet entre-deux parfois inconfortable jusqu'au malaise, car plus le monde se déterritorialisait, plus elle cherchait à se fixer dans des frontières. À l'Estaque, elle n'avait pas eu un pont à franchir pour passer la ligne qui sépare le bon du mauvais côté de la ville. Il lui avait fallu quitter la maison, la rue, le quartier, la ville, la région pour rompre avec ce qu'elle ne voulait pas devenir sans pour autant briser le fil ténu qui la reliait à sa mémoire archaïque.

George Banon comprenait. Il devait comprendre. Elle s'interrogeait sur ses origines exactes, mais comme il ne les avait pas précisées, elle n'osait le brusquer. Pourtant, elle brûlait de l'écouter poursuivre sur le sujet des « invités ». Peut-être avait-il lui aussi redouté au cours du dîner que Marie-Do lâchât la phrase qui tue, celle qui lui brûlait la bouche mais qu'elle avait certainement dû rengorger *in extremis* : « Il n'est de Français que chrétien. » Ça se disait et ça s'entendait de plus en plus dans divers milieux, si souvent que nul ne s'en offusquait alors qu'en d'autres temps, cela aurait fait hurler. Le genre de phrase aussi stupide que : « On n'est femme que si l'on est mère. » Il n'est de Français que chrétien... Et les autres alors ?

Malgré tout, elle ne se sentait décidément pas invitée dans son pays. C'était le sien, elle n'en avait pas d'autre ; de toute façon, quel qu'il soit, l'autre pays rejetait les gens comme elle. Il ne pouvait être au mieux que le pays des vacances. Celui du regroupement familial à l'envers. Rien de plus. Le rejet était réciproque. Encore une génération, et la question ne se poserait même plus. Ils se fondraient sans diluer totalement leur identité.

Elle n'était pas de ceux qui ne font que passer. Il fallait la considérer au même titre que les Polonais et les Italiens, les Espagnols et les Portugais qui avaient, eux aussi, fait la France en devenant pleinement français. En passant par l'église du dimanche, c'est vrai. Mais là n'était pas l'essentiel. Il était dans un non-dit qui le resterait. Car si elle avait osé, elle lui aurait confié qu'à ses yeux, les juifs de ce pays avaient derrière eux un tel passé d'exclusion, de persécution et de nomadisme, qu'ils devaient, plus qu'elle encore, redouter une invitation à partir. D'ailleurs, nombre d'entre eux ne s'y préparaient-ils pas déjà, dans leur tête sinon dans leurs biens, une maison en France, une autre en Israël ou en Amérique ? Régulier ou séculier, leur attachement à leur survie ès qualités était trop fort, le contentieux que le monde entretenait avec eux si ancien, et toute l'affaire si profondément ancrée dans la conscience de l'humanité, qu'il ne pouvait en être autrement.

C'étaient eux, les invités permanents, en dépit des apparences. Il y a toujours plus invité que soi. Cette seule pensée la consola.

Sybil Costières s'agrippa au bras de Joséphine avant de rejoindre dehors le flot des autres invités. Elle avait été le témoin exclusif d'une scène si infernale qu'elle devait dans l'immédiat s'en ouvrir auprès d'une amie. Encore que se défaire d'un secret auprès d'elle équivalût à le mettre en ligne sur la page d'accueil d'un moteur de recherche :

« Si je te confie quelque chose...

— Évidemment ! fit l'autre qui ne lâchait plus son verre, ayant renoncé à lancer l'assaut contre le Canadien. C'est quoi, tu n'as pas aimé le bouquin de Fabien del Fédala et tu n'oses pas le dire à Stan ?

— Tout à l'heure, quand je suis allée chercher mes cigarettes, je me suis trompée de porte et j'ai ouvert celle des toilettes. Tu sais ce que c'est, les hommes sont comme les garçons, ils ne ferment jamais la porte. Il y avait l'ambassadeur...

— Je sais, l'insuline. Il a déjà fait ça chez moi, mais il n'a pas le choix, c'est à heure fixe...

— Avec sa carte de crédit, il alignait de la poudre sur un papier, et avec une paille, il... sniffait de la coke... il est cocaïnomane...

— Non ! Et elle le sait ? »

Marie-Do était entreprise par Erwan Costières sur un canapé à fleurs. De quoi parlaient-ils ? De tout autre chose. Elle aperçut le regard conjugué que lui lançaient les deux femmes au loin. Ce qu'elle ne savait peut-être pas, elle finirait par le savoir mais par la rumeur publique, ce serpent venimeux qui pique et tue par insinuation bien mieux et bien plus cruellement que par accusation.

Son-Excellence-Alexandre, lui, s'était isolé dans un coin de la terrasse. Il s'y était même traîné. Il n'était pourtant pas vieux au regard des nouveaux critères, mais se sentait déjà surnuméraire. Depuis qu'il avait le sentiment d'être irrésistiblement entraîné dans la spirale de l'échec, il prétendait avoir le don de transformer l'or en plomb. Il avouait volontiers que son corps n'avait plus les mêmes idées que lui ; son visage semblait soudainement aussi dévasté qu'un paysage après la débâcle. Il s'enfuyait dans ses rêves artificiels, le regard perdu vers un appartement de l'immeuble d'en face.

Une femme à sa fenêtre, ou plutôt à son balcon, y fumait une cigarette. Leurs regards se croisèrent longtemps. Le mégot menaçant de lui brûler les doigts, elle l'écrasa dans un cendrier de plein air et rentra. Il demeura de longs instants à fixer le balcon vide. Il donnait l'impression de vouloir vivre seul, mais sans trop savoir avec qui. On eût dit qu'il ne savait plus quoi faire de son personnage. Chez lui, l'âme ne semblait jamais en repos : il souffrait moralement d'insomnie. Mûr pour observer la lente et inexorable chute d'une goutte d'eau le long d'une vitre, ou pour donner à manger aux pigeons, assis sur un banc de la place des Invalides en plein après-midi.

Luxe, calme et volupté. Envisagée de cette terrasse, la misère avait tout d'une vue de l'esprit. Mais que sait-on de la misère des autres ? On ne sait rien. Imagine-t-on seulement que l'on puisse être comblé et démuni à la fois ? Alexandre touchait le fond de sa détresse morale, cet autre nom de la misère quand l'âme est rongée par une sourde mélancolie qui s'avance à pas feutrés sans dire son nom.

Sa femme avait dû tant de fois l'accabler pour son manque d'ambition alors qu'il était simplement le genre d'homme qui ne rate jamais une occasion de rater une occasion. Ce soir encore, l'humiliation n'avait pas manqué, avec tout ce que cela a de liquéfiant. Et ce soir encore, il s'était rendu à un dîner en portant un costume, et il en repartirait avec l'étrange impression d'être porté par son costume.

Stanislas Sévillano et Hubert d'A. se retrouvaient comme après des années de séparation. Tout à leur complicité, ils semblaient affairés à mettre en place un nouvel indicateur économique entièrement de leur cru, le BNB ou Bonheur National Brut. En attendant qu'il soit opérationnel, ils se laissaient porter par ce doux spleen propre au printemps finissant, comme s'ils venaient juste de se rendre compte qu'ils avançaient dans une époque où de moins en moins de gens auraient connu le général de Gaulle. Demain, en se croisant du côté de la Bourse, ils auraient tout le temps de revenir au reste. Et de se répéter qu'on ne peut à la fois travailler et gagner de l'argent, il faut choisir. Stanislas avait vraiment raté sa vocation ; on ignorait encore laquelle précisément, on savait juste qu'elle n'entretenait que de lointains rapports avec l'activité qui le faisait vivre. Il était veuf de l'œuvre qu'il n'exécuterait jamais. Ce bloc de papier par lequel il aurait pu créer un ordre à partir du chaos.

« La vie comme dans un film, j'aime ça », confia-t-il, lui pour qui les faits n'étaient rien si un artiste ne les avait vus, ce qui s'appelle vus, en en faisant quelque chose selon son goût. « D'ailleurs, il en est d'un dîner comme d'un film : le secret, c'est le rythme.

— Si c'est un film français selon Hollywood, Jean aime Jeanne qui aime Pierre qui aime François qui aime Nicole qui aime Robert, et à la fin ils dînent tous ensemble...

— Mieux ! Ce soir, on a eu droit à des projections privées. Tu as vraiment manqué quelque chose en ne dînant pas avec nous. D'abord *Le festin de Babette* mais sans les cailles en sarcophage ni le Clos-Vougeot 1845, puis *Le charme discret de la bourgeoisie*, mais rassure-toi, nous, notre ambassadeur n'a pas dévoré le gigot sous la table comme un chien, il a juste chanté *Bambino* en arabe en tapant des mains, suivi de *Festen* pour le déballage de secrets de famille, et maintenant, c'est *La terrasse* où ça continue à s'engueuler. Quel cinéma, si tu savais...

— Tu crois qu'ils vont se cogner ? » demanda Hubert d'A. en désignant Costières et Le Châtelard qui paraissaient à nouveau embarqués dans une sévère dispute. Un éclat leur parvint qui les fit pouffer : la voix de Costières (« Beaucoup de choses nous séparent... ») immédiatement suivie de celle de Le Châtelard (« Le talent par exemple ») qui aurait dû clore l'incident dans la honte et l'autosatisfaction, mais non, ils repartaient de plus belle, prêts à en venir aux mains.

« Pas eux. Elles plutôt. Toutes. Parfois, lorsqu'elles se regardent, elles ont les ongles au bout des yeux.

— Tout de même, tout à l'heure, je ne sais plus lequel des deux a dit à l'autre : "Je ne serre pas la main qui tient un poignard." Il a trop lu Alexandre Dumas, ça a dû l'atteindre au cerveau... Ah, notre metteur en scène ! » dit-il en accueillant leur hôtesse d'un ton faussement déclamatoire : « "C'était hier dans le silence de votre jardin, et vos paroles se dressaient comme des statues !"

— Rilke ? vérifia Hubert d'A.

— Rilke.

— Tu m'as l'air bien romantique tout d'un coup, mon petit Stan. Tu romanesques ?

— Je me disais que nous disparaîtrons tous de la surface de la terre et qu'il ne restera rien de nous. Rien. Comme si nous n'avions jamais été.

— Et la mémoire ? Que fais-tu de la mémoire ? tant qu'il restera quelqu'un pour se souvenir de toi, tu n'auras pas respiré en vain. Et comme j'ai l'intention de te survivre environ un petit demi-siècle, te voilà rassuré !

— Pas vraiment. Qu'ai-je donc été et pour qui ? On meurt en pensant à ça. Et aussi qu'est-ce qu'on garde, qu'est-ce qu'on jette, qu'est-ce qu'on transmet... »

Sophie du Vivier leur présenta une boîte de chocolats grande ouverte qu'ils explorèrent méthodiquement, un étage après l'autre. Jusqu'à ce que Stan soit pris d'un doute :

« Qui te les a apportés ?

— Marie-Do, pourquoi ? Ils sont exquis, n'est-ce pas ?

— J'ai l'impression d'avoir apporté cette boîte chez l'une de ses amies il y a un mois... Décidément, elle en aura vu du pays ! Certains cadeaux, on devrait leur mettre une puce électronique pour les suivre dans Paris. »

Et comme Sophie s'éloignait, Hubert se pencha à nouveau vers son ami :

« On vient de me parler de *Sous le soulier de Satan*, un roman d'un certain Fabiano... ou Fébiona...

— Fabien del Fédala.

— Voilà ! Je n'ai pas vraiment d'avis. Tu l'as lu, toi ? »

À son sourire, il crut comprendre.

« C'est un écrivain tellement secret que personne n'en avait jamais entendu parler. Enfin, presque personne.

— Mais, il existe vraiment ?

— Il existe désormais. La preuve, on en parle... »

Rien ne les transportait comme de commenter la pièce qui s'achevait sous leurs yeux. On eût dit qu'ils ne se retrouvaient dans les dîners qu'à cette fin. Ne leur manquaient que les fils et le système pour agiter les personnages.

« Comment ça se termine en principe une histoire de ce genre ?

— Elle la tue.

— Sonia ? Tu plaisantes ! Sonia démissionne et se marie. Enfin, en Amérique surtout. Ici... »

Il n'y a guère que dans les palais nationaux que les dîners doivent durer une heure et quarante-cinq minutes. Depuis le début de la soirée, nul n'avait regardé sa montre, fût-ce discrètement ; c'est le cas lorsqu'il y a une vraie vibration entre un lieu et des corps. Tous ces privilégiés de la société, que l'on eût catalogués sans peine comme des heureux du monde comme si l'infortune s'arrêtait à la barrière de l'argent et que la détresse pouvait les épargner, jouissaient ce soir-là d'un luxe insoupçonnable. Le vrai luxe. Le luxe le plus recherché et le plus inaccessible : le temps.

Le secret, c'est la durée. Encore ne faut-il pas se laisser happer dans une méchante spirale, cette frénésie d'activités chronophages dont rien ne reste. Combien de fois avaient-ils lu un livre, vu un film, assisté à un spectacle, pris part à une réunion, présidé une soirée ou participé à un dîner en maudissant juste après cette cruelle erreur de jugement qui leur avait volé trois heures de leur vie ? Un vol consenti par faiblesse. Non que ces livres leur soient tombés des mains à la lecture, pis encore : les bras leur en tombaient. De quoi leur en vouloir à mort, à ces livres, à leurs auteurs et à toute leur descendance. Le genre de réflexion qui s'installe en vous à partir de la cinquantaine, lorsque le compte à rebours est commencé, que le tic-tac de la machine infernale est une douleur métronomique et que les instants autrefois perçus comme perdus sont désormais violemment ressentis comme gâchés. On ne les rattrapera plus.

Il a atteint la sagesse celui qui en a pris conscience et qui a résolu de ne plus se laisser faire les poches par tout ce que la société peut produire de fâcheux. Lui prend alors l'envie d'aller voir ce qu'il y a de l'autre côté de la colline.

Ils avaient parlé et écouté, ils avaient bu et mangé, ils s'étaient aimés et détestés, sans se soucier des contraintes de l'heure. C'est aussi que, tacitement et sans se consulter, ils avaient à peu près réussi à évacuer l'excessivement temporel. L'événement du jour et même celui des jours qui l'ont précédé. Il faut ignorer la nouveauté pour demeurer hors du monde. Des miasmes vulgaires de l'actualité. Des angoisses de l'urgence. De la chute de l'homme dans le temps. Ils avaient congédié la vulgarité du neuf pour accorder aux plus intemporelles de leurs conversations le goût exquis de la patine. À croire que ce qui vient d'advenir est nécessairement superficiel. On n'a pas suffisamment remarqué que, chaque fois qu'un artiste veut exprimer la décadence d'un monde, il fait résonner des mouvements d'horloge dans les hautes pièces vides d'une grande demeure de l'ancienne noblesse.

Des détails. Rien que des détails. Ils jouissaient de s'être donné le temps de se consacrer à ce que l'on repousse généralement d'un revers de main comme des détails. Certains avaient pu saisir les personnalités à travers d'infimes diaprures plutôt que par leur enveloppe, souvent trop épaisse pour laisser filtrer la complexité de l'esprit ou les mouvements de l'âme. On méprise le superflu alors qu'il recèle souvent des trésors d'humanité.

Enfoncés côte à côte dans le canapé, Stanislas Sévillano et Hubert d'A. observaient la terrasse harmonieusement plantée. Les invités allaient et venaient sous le regard de la lune. Ce n'étaient plus des personnages de comédies mais des silhouettes d'un théâtre d'ombres. Le dernier acte de leur pièce se jouait dans un jardin suspendu en plein Paris. Nul n'avait envie de le quitter, à l'exception de Son-Excellence-Alexandre peut-être, encore que l'on n'eût su dire si c'était par la porte ou par le balcon tant il se desséchait à vue d'œil sous les rayons de son soleil noir.

Tout à côté d'eux, Adrien Le Châtelard s'entretenait avec leur hôte, se tenant tout près de lui, à portée de souffle. Il cherchait à justifier son attitude agressive en dépit des protestations de son ami qui ne lui en demandait pas tant. Plus il parlait, plus il s'effondrait. Ses défenses semblaient l'avoir abandonné. Il mettait son cœur à nu, ce qui ne devait pas lui arriver souvent. Il lui disait : « Vois-tu, papa a été déporté pour faits de résistance... je suis allé l'attendre sur les marches du Lutetia... j'étais petit mais je l'ai guetté pendant trois jours et si on m'y avait autorisé, je l'aurais fait pendant trois nuits aussi... jusqu'à ce que je comprenne... alors quand j'entends ce... ce trou du cul qui se prend pour un volcan !... émettre des doutes et me réclamer de la documentation pour vérifier... j'ai une soudaine envie de meurtre... » Et comme les sanglots l'étranglaient à la seule évocation de son père, Thibault du Vivier le serra fort dans ses bras, suscitant l'embarras de ceux qui avaient indiscrètement assisté à la scène. En un instant, tout ce que cet homme avait été se dissipait pour laisser place à ce qu'il était désormais. Un vieil orphelin écrasé sous un bloc de chagrin. Un homme éminent, puissant, respecté, redouté et qui disait encore « papa » comme en ce maudit jour de 1944 où il le vit s'éloigner de la maison, emmené par des agents allemands et des policiers français.

C'est alors qu'une lointaine mélodie s'insinua subrepticement parmi eux.

« Écoute ! fit Stan en saisissant le bras de son ami. Mais si, on dirait... les premières mesures de *Jeux interdits*... le film... Dans mon enfance, j'ai toujours entendu cet arrangement de Narciso Yepes pour la guitare... on avait le disque à la maison, interprété par Andrés Segovia ou Alexandre Lagoya, je ne sais plus, mais je me souviens que mon frère le jouait parfaitement et que son professeur, Armando Bueno, lui répétait à chaque fois après la leçon sur le seuil de la maison : "Si vous ne travaillez pas quand je ne suis pas là, les *Jeux* vous seront interdits !"... et là, pour la première fois, dans une transcription pour piano... ça me rappelle tant de choses, si tu savais... ça ne m'a jamais paru aussi doux, aussi bien à propos, c'est... des notes de piano s'échappant d'une fenêtre, c'est pour moi la grâce absolue... »

Était-il encore sous le coup de l'émotion du récit de Le Châtelard ? Toujours est-il que dès qu'il parlait de son passé, il avait davantage de frémissements que de souvenirs. Les larmes aux yeux, il se leva, se laissa guider à l'oreille, chercha la source sonore de l'autre côté de la rue dans différents appartements aux fenêtres éclairées, comme tenu en laisse puis aimanté par quelque chose de mystérieux, avant de se retrouver au salon.

La Présence se tenait assise bien droite devant un John Broadwood and Sons, ses mains caressant le clavier, illuminée d'une flamme intérieure. Depuis le début de la soirée, elle n'avait jamais paru ainsi portée par son cercle de ténèbres. Soudain, tout surgissait de ce que Stan n'avait pas su voir jusqu'alors tant l'étrangeté de son comportement le dissimulait : port de reine, cou de danseuse, tombé d'épaules sensuel. En état de sidération, il se retint d'attacher Christina à son tabouret pour lui éviter de s'envoler.

Il en aurait pleuré si les larmes de la télé-réalité n'avait vulgarisé les larmes du baroque. Stanislas regrettait le temps où pleurer avait encore un sens.

À l'écouter avec les yeux, il se sentait comme le voyageur contemplant une mer de nuages. Son attrait pour Christina était d'autant plus remarquable que, de notoriété publique, son plaisir ne se limitait pas aux femmes.

Ce qu'elle jouait le réconciliait avec la musique. Il l'avait en haine depuis le complot ourdi contre l'ouïe et les sens par les marchands d'ascenseurs, les directeurs d'hôtels et les gérants de supermarchés qui avaient réussi à massacrer durablement ce qui avait été si longtemps son oxygène, en diffusant de la musique de fond.

Quand elle eut fini, il s'avança et lui prit la main droite pour la baiser. Tout dans son regard humide lui jetait des fleurs et précipitait ses hommages à ses pieds. Tout ce qui se dit en dehors des mots. Dans son élan de gratitude pour les instants qu'elle venait de lui offrir, il aurait voulu l'aider à s'extraire de sa tristesse.

« Ce que vous jouez est magnifique, comme ce que vous portez...

— Vous le savez bien, Stanislas, le plus beau vêtement dont une femme puisse rêver, ce sont les bras de l'homme qu'elle aime.

— C'est cela qui vous manque, Christina ?

— Même pas. Mais j'aimerais tant recevoir des lettres d'amour, avec des mots plus amoureux que l'amour même. Ça fait si longtemps que cela ne m'est pas arrivé... Comment dire... Pas facile d'affronter l'idée que certains sentiments sont perdus à jamais.

— Pour savoir à quoi pensent les gens, il suffit

de leur demander quel livre ils placent sous leur oreiller avant de s'endormir. Et vous ? »

Elle fit mine de réfléchir un instant, posa un doigt entre les lèvres pour le suçoter, et opta finalement pour la fuite et le secret :

« *L'interprétation des rêves...* »

Alors, pour la première fois de la soirée, Christina remarqua que cet homme avait le don d'élever le regard au-dessus des yeux en même temps qu'il parlait à la hauteur du regard. Dans le sien, Sévillano découvrait un miroir au fond duquel se reflétait un lit défait, et sur son sourire les draps froissés après l'amour.

« Mais, ça va vous paraître stupide tant ça sonne faux, ne vous ai-je pas déjà rencontrée ?... ici même peut-être ?

— Non.

— Où alors ?

— Non plus.

— J'y suis ! C'était dans un roman, dit-il malicieusement. Qu'y faisiez-vous ?

— Je ne faisais que passer, une nuit d'insomnie... »

Christina avait ce don insoupçonné de percevoir dans la langue ce qui ne s'entend pas. Il se permit d'arranger quelques boucles blondes sur ses épaules, accompagnant son geste tendre d'une moue admirative :

« Il n'y a pas de quoi, ce ne sont pas les miens », chuchota-t-elle.

Stanislas leva les yeux jusqu'à la racine de ses cheveux et comprit qu'elle portait une perruque.

Honteux, il mit deux doigts devant sa bouche, comme s'il avait dit une énormité, embarras qu'elle dissipa aussitôt en lui prenant doucement la main :

« Vous ne pouviez pas savoir, je n'ai pas la chimio agressive... »

En s'éloignant vers la terrasse, il se surprit alors à s'interroger sur la profondeur de la morsure qu'une telle femme pouvait laisser dans l'épaule d'un homme. Une empreinte indélébile. Christina demeurerait celle qui en disait peu, mais de ce peu surgissait un écho de son monde exprimé parfois à travers le frémissement d'un arbre.

Plus loin, Joséphine, qui était passée au cognac et ne refusait pas un cigare d'un calibre respectable, semblait en état d'ébriété mentale ; elle tenait des propos étranges, elle les émettait plutôt, des bribes comme : « Le miroir me glace », ou : « Coupez un Anglais et vous aurez deux Allemands », ou même : « En France, les vieilles ont les cheveux courts. » On dut l'empêcher de demander à Djorge s'il ne voulait pas devenir son ami d'enfance. Affalée sur le canapé, elle réclama un coussin d'un certain type en marmonnant qu'à l'hôtel Burj Al Arab de Dubai, au moins, on proposait une « Carte des oreillers » aux clients ; lorsqu'on lui en jeta un de l'autre bord de la terrasse, elle exigea un édredon fripé par le sommeil, mais cette fois, l'écho lui suggéra d'aller se coucher.

Sonia les avait rejoints sur la terrasse, encouragée par George Banon. Mais comme nul ne lui avait proposé de s'asseoir, sur la balancelle à défaut des canapés, elle resta debout. Elle passa un long moment appuyée au balcon à sonder la nuit parisienne. Puis, comme elle se sentait déplacée, mue par une réaction naturelle, elle fit ce pour quoi on la payait.

Servir sans être servile.

Instinctivement, avant d'apporter une carafe de jus d'orange, elle ramassa trois cendriers débordant de mégots afin de les vider quand la main de Sophie se posa sur la sienne.

« Laissez, la bonne s'en chargera, dit-elle avec beaucoup de naturel.

— Mais, Madame, la bonne, c'est moi... »

Sophie se raidit dans l'instant, retrouvant ses réflexes, déjà prête à recouvrer leur inimitié. La vraie vie n'allait pas tarder à reprendre son cours normal. Le propre d'une parenthèse n'est-il pas de se refermer ?

Marie-Do avait rejoint Sonia accoudée à la rampe du balcon. Depuis quelques années, la dépendance au tabac avait favorisé en tous lieux et en toutes circonstances l'épanouissement naturel d'une communauté d'exclus. La cigarette scellait leur rapprochement. Vices publics, vertus privées, une vieille histoire.

De loin, Son-Excellence-Alexandre lui faisait un signe du menton. Quelque chose qui ressemblait au signal du départ. Marie-Do l'ignora.

« Vous savez, Sonia, j'espère sincèrement vous revoir. C'était un grand bonheur, si inattendu », dit-elle dans un rare accès de tendresse, si rare qu'il en devint immédiatement remarquable.

À croire que cette femme qui venait de passer sa soirée à fusiller le genre humain, et à exercer sa perversité sur ses représentants à portée de vue, était vraiment capable d'empathie, voire même, dans les cas extrêmes, de douceur. Tout en parlant, elle posa sa main sur celle de Sonia, plongeant la jeune femme dans l'embarras, incapable sur l'instant de réagir. Elle n'osait pas la retirer, l'heure du retour à la servitude étant si proche qu'elle réintégrait déjà son statut ancillaire; alors, mais alors seulement, elle entrevit pour la première fois dans le regard de Marie-Do que les hommes n'étaient pas la seule clé de son bonheur. Sa passivité eut pour effet d'enhardir Marie-Do qui caressa ses doigts. Cette fois, Sonia entreprit timidement de se dégager, moins en bougeant sa main qu'en esquissant une moue de réprobation, mais lorsque cela est fait du bout des lèvres et d'un léger mouvement d'épaules accompagné d'un regard qui implore à peine, la moue est si charmante, on la croit adorablement boudeuse, qu'elle provoque l'effet contraire. Alors, Sonia retira sa main d'un geste brusque, si violent qu'elle renversa un cendrier au passage, éparpillant les cendres autour de ses escarpins. Mais elle s'agenouilla tout aussitôt pour réparer les dégâts à l'aide de serviettes. De là-haut, car elle ne se serait pour rien au monde abaissée, Marie-Do reprit sur un ton naturel :

« Oui, j'aimerais vous avoir pour amie... »

L'espace d'un instant, Sonia crut l'avoir mal jugée. Prête à tout effacer. Toujours ce terrible penchant. Donner sa chance au genre humain, comme s'il ne pensait qu'à se rédimer. Après tout, il aurait suffi de considérer sa violence comme un allant irrésistible, et Marie-Do lui serait apparue différemment, qui sait. Mais non :

« … J'en ai eu de toutes sortes, des amies, mais jamais une Arabe. À bientôt, gentille Sonia. »

Les invités s'éclipsèrent en même temps. Aussi Sophie du Vivier demanda-t-elle à Sonia de l'aider à leur rendre leur vestiaire ; malgré la douceur de la température, la radio avait annoncé l'imminence d'un orage et la plupart l'avaient anticipé. Sonia les aida à enfiler leur manteau, avant de leur présenter le coffre aux téléphones. Certains les avaient oubliés. C'est dire s'ils s'étaient absentés de leur époque. Pas longtemps mais juste assez pour y prendre goût.

« Quelle excellente soirée, chère Sophie. Ça fait du bien de sortir un peu de son milieu... »

George Banon, lui aussi, exprima sa reconnaissance :

« Je ne sais pas si c'est tous les soirs comme ça, chez vous, mais c'était très inattendu. Je n'imaginais plus les Français de cette manière. »

Alors qu'il se retournait vers Sonia pour la saluer, elle remarqua que le col de son imperméable était enfoui, comme avalé par le cou, ce qui la fit sourire ; ce travers involontaire offrait l'image d'un enfant alors qu'il avait l'âge d'être son père ; elle ne put s'empêcher de le redresser des deux mains, un de ces gestes du quotidien, naturel et touchant de simplicité, mais qui exprimait quelque chose comme de la tendresse.

Sonia commençait à ramasser les verres tandis que Thibault du Vivier s'enfermait dans son bureau.

« Laissez, Sonia, laissez. Il est tard. On verra ça demain...

— Bien, Madame. »

Sophie du Vivier avait déjà ôté ses chaussures, défait ses cheveux, retiré ses boucles et remplacé ses lentilles de contact par ses lunettes. Assise en tailleur sur le canapé, elle massait ses pieds douloureux ; pour un peu, elle aurait demandé à Sonia de l'y aider, mais non ; trop tôt, trop familier ; un jour peut-être, qui sait ; elle ne devait jamais lui faire oublier qu'elle n'avait été admise ce soir-là que par accident et que le propre d'un concours de circonstances est d'être exceptionnel et spontané. Soudain, elle prêta l'oreille au loin.

« Vous entendez ? Mais... il y a quelqu'un qui appelle ! »

Elles se précipitèrent toutes deux dans l'escalier.

Une partie des invités était pliée de rire devant la grille de l'ascenseur, observant l'autre qui y était enfermée. Une porte avait dû être ouverte trop tôt. Il était bloqué à mi-chemin entre le premier étage et le rez-de-chaussée. On pouvait suivre en direct la courbe des émotions, ce qui est l'un des charmes des ascenseurs poussifs mais vitrés tels qu'on en trouve encore dans les vieux immeubles haussmanniens de Paris. Plus ils riaient, plus Sophie s'inquiétait pour le tapage nocturne. Le fait est que seules les femmes se trouvaient à l'intérieur, les hommes ayant décidé par galanterie de descendre à pied les cinq étages.

« Mais c'est tragique ! tenta Madamedu sans trop y croire.

— On dirait... on dirait des guenons en cage ! » s'étrangla de rire Son-Excellence-Alexandre, tandis qu'Erwan Costières les photographiait avec son téléphone.

À l'intérieur, l'impatience, sinon la panique, commençait à l'emporter. Seule Christina Le Châtelard demeurait stoïque et muette. Elle n'avait jamais aussi bien incarné la Présence. Nul ne lui demandait son avis de crainte qu'elle ne délivre un oracle. Ce n'était pas l'heure.

Une cage. C'était vraiment ça. Avec des guenons qui s'agitaient à l'intérieur. Il avait eu l'œil, la seule inconnue étant la durée de cette coexistence à peu près pacifique avant qu'elle ne dégénère en lutte pour la vie. Les femmes et les enfants d'abord, soit, mais comment s'y prend-on lorsqu'il n'y a pas d'enfants et que des femmes ? On leur laisse le temps de se déchirer à mort. En principe, ça ne rate pas.

Le ridicule tue, en ascenseur aussi. Elles étaient serrées les unes contre les autres, contraintes de se frotter pour se retourner. Des signes d'individualisme commençaient à fissurer le bel élan de solidarité du début. Une méfiance sourde ne tarderait pas à s'installer, laissant place aux règlements de comptes, à la haine et au meurtre. Il était urgent d'intervenir, ne fût-ce que pour éviter au bien de la copropriété d'en subir les dommages collatéraux.

Profitant d'un apaisement des fous rires au sein de son groupe, George Banon se dévoua pour tenter de délivrer ces cinq femmes en lévitation. À l'ébahissement général, il sortit un Victorinox de sa poche, déplia son petit couteau d'officier suisse aux douze fonctions standard sous le regard émerveillé de Sybil Costières, bricola quelques instants dans la serrure de la grille avec le crochet à usages multiples et finit par ouvrir la porte. Alors, sous les applaudissements admiratifs des messieurs, il tendit élégamment une main, parfois les deux, à chacune des détenues pour leur permettre de sauter et de regagner la terre.

L'une se fendit d'un baiser à leur sauveur, une autre d'un simple merci, une autre encore d'un pourboire, Marie-Do d'un regard noir comme s'il était pour quelque chose dans leur déconvenue et Christina d'une manifestation de gratitude subliminale.

Encore fallait-il décoincer l'ascenseur. Banon y

pénétra pour mieux en trafiquer le système de l'intérieur. Mal lui en prit car, nul n'ayant songé à lui tenir la porte grillagée, elle se referma lourdement et il se retrouva enfermé à son tour. Seul en cage, penaud de s'être piégé lui-même mais beau joueur. Ce qui eut pour effet de réenclencher une hilarité qui fut cette fois générale.

Par solidarité, le groupe décida démocratiquement de ne pas se scinder. Nul n'abandonnerait le sacrifié à son sort. Au début du moins. Mais Sophie du Vivier ne mit pas ce bel élan à l'épreuve. Elle se ressaisit vite, emprunta discrètement son portable à Costières qui avait pris goût au paparazzisme et, avec un usage guindé du téléphone comme s'il était encore à cadran, composa le numéro de son mari :

« Banon est prisonnier de l'ascenseur... je t'expliquerai... descends vite, nous sommes tous en bas. »

Eu égard à l'enjeu, malgré l'heure avancée de la nuit, cette fois les du Vivier n'hésitèrent pas à sortir le gardien de l'immeuble de son sommeil. En deux tours de clés longues comme des barres de fer, il le délivra sous les hourras. Tout serait rentré dans l'ordre si un rire nerveux n'avait pas secoué Son-Excellence-Alexandre prostré dans un coin.

« Remets-toi, c'est fini ! » lui annonça Sophie triomphalement.

Des gestes dont il s'aidait à défaut de pouvoir former des phrases, on comprit que ce qui le transportait ainsi, c'était l'image de leur hôtesse pieds nus dans le hall de l'immeuble. Cela aurait pu durer longtemps. Une autre image suffit à le calmer. Elle s'inscrivait remarquablement dans la décoration hautement bourgeoise de cet immeuble des années dix, et il n'en avait pas fallu davantage pour le ramener à son état normal : Sophie toute défaite au premier plan, et Sonia parfaitement mise au second plan, les deux également réchampies dans ce petit tableau de nuit. On eût dit effectivement que la maîtresse de maison et sa domestique avaient échangé leurs rôles.

S'en fallait-il de si peu ?

Comme ils allaient se séparer pour de bon, Erwan Costières voulut immortaliser la scène par une photo. Ils s'y plièrent de bonne grâce, car l'incident avait couronné la soirée dans la bonne humeur, et se rassemblèrent de part et d'autre de l'ascenseur. L'appareil fut confié au gardien afin que nul ne manquât à l'appel. Sophie s'arrangea les cheveux en catastrophe, retira ses lunettes et se haussa sur la pointe des pieds pour être à la hauteur. Sonia fit instinctivement un pas de côté afin de s'isoler du groupe, craignant d'être déplacée. Ce fut une bronca :

« So-nia ! So-nia ! »

Elle les rejoignit, se plaçant entre George Banon et Marie-Do qui l'en priait en lui tendant la main.

« Alors, *cheeeeese*, n'est-ce pas ! lança Thibault du Vivier.

— Mais non ! le reprit Stanislas en se plaçant face au groupe pour mieux leur montrer le mouvement de ses lèvres. C'est nul ça ! *Lesbiannnn !* comme disait Cecil Beaton qui s'y connaissait. C'est plus aquatique et ça coule mieux. Attention, pas “lesbienne” mais *lesbiannnn*... Compris ? »

Ils obéirent en contenant difficilement leurs fous rires. Le gardien appuya deux fois. Puis ils se groupèrent autour de l’écran du téléphone portable pour constater l’étendue des dégâts. La photo était bonne. Tout le monde regardait droit devant en souriant sauf Marie-Do et George Banon qui regardaient Sonia, laquelle fixait l’objectif.

Sonia se présenta à l'aube. Madamedu était déjà réveillée. Elles échangèrent un bonjour à voix basse. Comme à son habitude, Madamedu inspectait le champ de bataille à sa manière.

Elle commençait par son relevé du linge de table. Non pour constater des vols de serviettes, mon Dieu, non, ses invités n'étaient pas de la sorte, mais pour noter inconsciemment lesquels avaient eu la maladresse de plier la serviette, lesquels étaient assez éduqués pour l'abandonner toute chiffonnée à leur place sur la table, et lesquels avaient eu l'indélicatesse de la laisser tomber à terre.

Ainsi l'humanité peut-elle se diviser, du moins à l'aube.

Puis elle examina la nappe. Quelques taches inévitables dans la tourmente. Des cendres de cigarettes. Les chutes de tabac étaient en un endroit si nombreuses et concentrées que l'invité avait manifestement ignoré le cendrier. Mais à un endroit, un seul, une mince fente avait été creusée à la place des couverts dans le coton damassé à force de gratter et d'appuyer avec une fourchette. Vérification faite, c'était la place de Marie-Do. La nappe était bonne à jeter.

Enfin, Madamedu s'agenouilla pour inspecter le parquet tout autour de la table. Car il arrivait que certains invités, parmi les plus nerveux, dissimulent si bien leur tension intérieure aux yeux du monde, qu'elle ne pouvait se traduire au bout du compte que par une trace puissante, voire indélébile, sur les lattes méthodiquement raclées par les chaussures.

« Tiens, il y en a eu un ! Ça faisait longtemps ! Je me demande...

— Laissez, Madame ! » intervint Sonia qui apportait déjà les instruments et produits idoines susceptibles de réparer les dégâts.

L'une et l'autre s'affairaient à genoux sous la table, Madamedu cherchant à identifier le coupable sur son plan, avant de le reposer d'un geste brusque, fixant Sonia du regard.

« Vous ? Pourquoi, c'était si dur que ça ? »

Quelques semaines après ce dîner, on apprit par une indiscrétion parue dans la presse que l'industriel canadien George Banon avait pris une substantielle participation lors de l'augmentation de capital des établissements du Vivier à Levallois (Hauts-de-Seine).

Le même écho précisait qu'il avait suspendu le lancement d'une chaîne de télévision, et que sa Fondation allait développer un projet de musée d'un type nouveau, en France.

## DU MÊME AUTEUR

*Biographies*

MONSIEUR DASSAULT, Balland, 1983

GASTON GALLIMARD, Balland, 1984 (Folio n° 4353)

UNE ÉMINENCE GRISE : JEAN JARDIN, Balland, 1986 (Folio n° 1921)

L'HOMME DE L'ART : D. H. KAHNWEILER (1884-1979), Balland, 1987 (Folio n° 2018)

ALBERT LONDRES, VIE ET MORT D'UN GRAND REPORTER, Balland, 1989 (Folio n° 2143)

SIMENON, Julliard, 1992 (Folio n° 2797)

HERGÉ, Plon, 1996 (Folio n° 3064)

LE DERNIER DES CAMONDO, Gallimard, 1997 (Folio n° 3268)

CARTIER-BRESSON, L'ŒIL DU SIÈCLE, Plon, 1999 (Folio n° 3455)

GRÂCES LUI SOIENT RENDUES : PAUL DURAND-RUEL, LE MARCHAND DES IMPRESSIONNISTES, Plon, 2002 (Folio n° 3999)

ROSEBUD, ÉCLATS DE BIOGRAPHIES, Gallimard, 2006 (Folio n° 4675)

*Dictionnaires*

AUTODICTIONNAIRE SIMENON, Omnibus, 2009

AUTODICTIONNAIRE PROUST, Omnibus, 2011

DICTIONNAIRE AMOUREUX DES ÉCRIVAINS ET DE LA LITTÉRATURE, Plon, 2016

*Enquêtes*

DE NOS ENVOYÉS SPÉCIAUX (avec Philippe Dampenon), J.-C. Simoën, 1977

LOURDES, HISTOIRES D'EAU, Alain Moreau, 1980

LES NOUVEAUX CONVERTIS, Albin Michel, 1982 (Folio Actuel n° 30)

L'ÉPURATION DES INTELLECTUELS, Complexe, 1985. Réédition augmentée, 1990

GERMINAL, L'AVENTURE D'UN FILM, Fayard, 1993

BRÈVES DE BLOG. LE NOUVEL ÂGE DE LA CONVERSATION, Éditions des Arènes, 2008

*Entretiens*

LE FLÂNEUR DE LA RIVE GAUCHE, AVEC ANTOINE BLONDIN, François Bourin, 1988, La Table Ronde, 2004

SINGULIÈREMENT LIBRE, AVEC RAOUL GIRARDET, Perrin, 1990

*Récits*

LE FLEUVE COMBELLE, Calmann-Lévy, 1997 (Folio n° 3941)

FANTÔMES, Portaparole, Rome, 2009

DU CÔTÉ DE CHEZ DROUANT : CENT DIX ANS DE VIE LITTÉRAIRE VUS À TRAVERS LES PRIX GONCOURT, Gallimard, 2013

*Romans*

LA CLIENTE, Gallimard, 1998 (Folio n° 3347)

DOUBLE VIE, Gallimard, 2001 (Folio n° 3709). Prix des Libraires

ÉTAT LIMITE, Gallimard, 2003 (Folio n° 4129)

LUTETIA, Gallimard, 2005 (Folio n° 4398). Prix Maison de la Presse 2005

LE PORTRAIT, Gallimard, 2007 (Folio n° 4897). Prix de la langue française 2007

LES INVITÉS, Gallimard, 2009 (Folio n° 5085)

VIES DE JOB, Gallimard, 2011 (Folio n° 5473). Prix de la Fondation prince Pierre de Monaco 2011, prix Méditerranée 2011, prix Ulysse 2011

*Composition Graphic Hainaut.*
*Achevé d'imprimer*
*par l'Imprimerie Novoprint*
*à Barcelone, le 12 juillet 2017*
*Dépôt légal : juillet 2017*
*1^er^ dépôt légal dans la collection: mai 2010*
ISBN 978-2-07-042066-7 / Imprimé en Espagne.

322341